「ひゃぁぁ……んぅぅ、
バカになる……
どんどんオマンコが
バカになっていくぅ……」
「どんなにバカになっても俺は、
このオマンコを使い続けますからね」
「嬉しい……あっ……あっあっあっ……
はぁぁぁぁ……！」

板野麻友子 いたのまゆこ
雄輔の隣部屋に引っ越してきた美貌の人妻。趣味が合ったことで親しく接してくれる。性にも積極的で、雄輔の初体験の相手となる。

【超朗報】隣部屋の美人妻が
甘やかしご奉仕してくれるらしいwww
愛内なの
イラスト：ぽるのいぶき
ぷちぱら文庫
creative

プロローグ

ある日、女神が現れて

「今度こそ絶対に！　勇者を死なせはしない！」

凛とした声が廃墟と化した街に響き渡る。

「なにやつ⁉」

今まさに勇者にトドメを刺さんとしていた魔王『デウス・エクス・マキナ』は、その手を止め、突如現れた少女へと氷のように冷たい視線を向けた。

並みの者なら、その邪眼だけで魂を抜き取られる死の瞳。

だが少女はそれをものともせず、金色の髪をなびかせ魔王へと近づく。

強い意志を青い瞳に宿しながら、一歩また一歩と。

「……ベアトリクス、なぜ君がここに？」

四肢を砕かれ、血だまりのなか地面に這いつくばる勇者『アルベール』は、かろうじて動く首を上げ、地獄のようなこの場に似つかわしくない美少女に問う。

「言ったでしょ、貴方を死なせないためよ。これで5度目、今度こそ失敗はしないわ！」

「貴様のような小娘に何が出来る？　人類最強と謳われた勇者ですら我が前では赤子も同然だというのに」

魔王の問いに、ベアトリクスは腰まであるウェーブのかかった髪をかき上げ不敵に笑う。

「ただの村娘が、貴方に死を与えてあげるわ」

それまで一切感情を表さなかった魔王の顔に、初めて笑みが浮かぶ。

「我に死をと？　戯れ言もそこまでいくと愉快。出来るものならやってみるがよい……」

その刹那だった。

華奢な身体からは想像もつかない踏み込みで、ベアトリクスは一瞬で間合いを詰める。

その電光石火にも、魔王が怯むことはない。迫り来る脅威を迎え撃つべく、巨大な魔力を掌中に集約させ――。

ピンポーン……ピンポーン……。

緊迫した場面に不釣り合いな電子音。

ただそれだけで、ベアトリクスも魔王も世界の全てが動きを止めた。

代わりに深い溜息が、静寂に包まれた空間に重く沈む。

休日を楽しんでいた木村雄輔（きむらゆうすけ）は、仕方なく映像を一時停止した。

「誰だよ？　せっかくいいところだったのに」

テレビのリモコンをテーブルに置き、気怠そうに立ち上がると玄関へと足を向ける。

だが名残惜しそうに足を止めて振り返り、モニタの向こうで、決意に満ちた瞳を燃やしたまま静止したベアトリクスを見つめた。

「インフィニティーループは、間違いなく今期の覇権アニメだよなぁ」

ピンポーン……ピンポーン……。

「はいはい、わかりましたよ。今出ますよ」

インターホンに急かされながらドアノブをひねる。

ガチャッという軽い音と共に、薄暗い室内に差す陽の光。

その先に佇む人影に、思わず息を飲む。

年の頃は二十六、七。やや年上だと思われる大人の女性だ。

薄らと潤んだ瞳にすっと通った鼻筋、ルージュの引かれた唇はシットリと濡れ、茶色がかった長い髪はどこまでも艶やかな美女。

そして、圧巻という言葉しか思い浮かばない存在感を放つ大きな胸は、ダメだとわかっていてもつい視線が行ってしまう。

全身から溢れ出す色香に目は眩(くら)み、言葉が出てこなかった。

「突然訪ねたりしてすみません。今日から隣りに越してきた板野麻友子(いたのまゆこ)です。つまらない物ですが、よかったら使ってください」

容姿と同様に、男心をくすぐる甘い声に鼓動を高鳴らせ、差し出された洗剤を受け取ったあとでハッとし、慌てて口を開く。

「ご丁寧にありがとうございます。木村雄輔です。なにかわからないことや困ったことがあれば、遠慮なくいつでも声をかけてください！」

雄輔の多大な下心が詰まった言葉に、麻友子は嬉しそうに目を細めた。

「ありがとうございます。よかった、お隣さんが親切そうな人で。ちょっと不安だったんですよ、もし怖い人だったらどうしようって。いらない心配でしたね。うふふ」

言葉とは裏腹に、警戒心の欠片も見せずに微笑まれて、鼓動がさらに高鳴った。

「それで……もしかして、イープ……お好きなんですか？」

言葉の意味をすぐには理解できず、キョトンとしてしまう。

麻友子の視線を追って後ろを振り向き、やと理解した。壁に貼られたポスターには、先程まで見ていたアニメ、インフィニティーループのキャラクターたちが描かれていた。

「実は、私も大好きなんですよ。面白いですよね。アニメから入ったんですけど、思わず原作も一気買いしてしまいました。間違いなく今期の覇権アニメです」

などと、どこかで聞いたような台詞が美女の口から飛び出した。

豊満な胸を揺らしながらグッと力強く拳を握る姿に、今まで雄輔を縛っていた緊張は嘘のようにかき消え、代わりに親近感が湧いてくる。

「はい、面白いですよね！　実は今、録画しておいた最新話を見ていたところなんです」

「まあ、それはお邪魔してしまいましたね……ごめんなさい」

心底すまなさそうな態度に、慌ててフォローを入れる。

「いえいえ全然！　それよりも意外です。板野さんのような美人の方でも、こういうアニメを見るんですね」

「美人だなんてそんな……アニメは子供の頃から大好きで、オンリーイベントとかにも行くんですよ。好きすぎて、マリーのコスをしてしまいましたし……」

作品に出てくる巨乳セクシー魔女の名前を挙げられ、いよいよ麻友子がライト層ではなく、ガチ勢なのではという新たな驚きが襲う。

落ちついた大人の美貌とのギャップに、目眩がした。

もしかすると、見た目以上に若いのだろうか？

どことなく服装からも、お姉さんっぽさが漂っているのだが。

「こ、コスプレまでするんですね。愛が溢れまくりじゃないですか」

「はい、愛だけはたくさんありますよ」

気恥ずかしそうに笑う麻友子だったが、急に思い出したかのように姿勢を正す。

「……すみません。お忙しいのに余計な話をしてしまって、それでは、これからよろしくお願いします」

お願いします」

頬をほんのり染めながら、恭しく頭を下げ麻友子は雄輔の部屋を後にした。

やはり、上品な女性という印象だ。

彼女がいなくなってからも雄輔は、しばらくの間、感動でその場から動けなかった。

「板野麻友子さんか……フェロモン全開の美人かと思えば、アニメのことを楽しそうに語ってたりして、ほんとに可愛いかったなぁ。あんな素敵な人が隣に越してきただなんて、これはもしかしたら、ワンチャンあるかもしれないぞ！」

期待に胸を膨らませ、蕩けそうなほど甘い残り香をめいっぱい肺に吸い込んでから、再びインフィニティーループの視聴に戻る雄輔であった。

第一章　欲求不満な女神様

どこにでもある、至って普通のオフィス。

各々が粛々と業務をこなすなか、雄輔だけは上の空だった。

頭の中をよぎるのは、麻友子の姿ばかり。

これまでの人生で、一目惚れというものを信じたことなど一度もない。

相手のことを知りもせず、ひと目見ただけで恋に落ちるなんて、そんなことはあり得ないと思い続けてきた。

しかし今抱(いだ)いている感情は、間違いなく恋だと自覚している。

どうにかしてもっと親密になれないだろうか、ふたりで出かけたり食事をしたり、アニメを見たり即売会へ行ったり、キスをしたりあの胸に顔を埋めてみたり――。

次から次へと妄想が駆け巡り、仕事どころではない。

そんな、どうしたらいいのかわからないというジレンマから、思わず溜息が零れる。

「お～い、雄輔」

不意に肩を叩かれビクッとしつつ声の主へと顔を向けると、隣の席で同僚の、作倉弘樹がそこに立っていた。

「どうした、なにか用か？」

「いや……もう就業時間終わってるぞ」

言われて時計を確認すると、とっくに十七時を過ぎていた。

「もうこんな時間か……よかったら、たまには飲みに行くか？」

「悪いな、この後、俺は彼女とデートだ」

彼女持ちの友人に恋の相談でもと思ったが、目論見は外れてしまいうなだれる。

「なんだ、そんなに俺と飲みたかったのか？　お前もはやく彼女作れよ。そうしたら寂しい週末を過ごさずにすむぜ」

雄輔が肩を落としている原因を微妙に勘違いした作倉は、明るく笑うと、手をヒラヒラさせ鼻歌交じりでその場を離れていった。

「俺だって、できるもんなら作りたいよ」

オフィスから出ていく作倉の背中にぼそりと呟き、再びうなだれる。

雄輔は社交的な性格とは言い難いが、コミュニケーション能力が低いわけではない。ルックスだって、平均よりやや上と言って差し支えはないだろうし、運動神経もそれなりにある。

会社の成績もそつなく、アニメやゲームが人より少し好きというくらいで、欠点と言える欠点はないと思う。

なのに生まれてこの方、彼女がいたことがないのだ。

ここまでくると妥協したくないという気持ちも、多少なりと出てしまう。

そんな雄輔にとって、麻友子はまさに理想そのものだ。大袈裟な物言いをするならば運命の人とすら感じていた。

同時に高嶺すぎる華を手に入れるためには、なにをすればいいのかがわからない。悲しいかな雄輔には、圧倒的に恋愛の経験値が足りていなかった。

「はぁ〜……確か今日から、劇場版のレンタル開始だったよな……借りて帰るか」

誰に言うわけでもなく呟き、雄輔はタイムカードを押した。


「あった！　危ねー、最後の一本じゃないか」

目的のタイトルを見つけラッキーと腕を伸ばし、パッケージに指先が触れようとしたときに、横からも伸びてくる白く細い腕があった。

驚いて反射的に手を引っ込めてしまう雄輔だったが、次の瞬間、その相手と目が合った。

「あれ、木村さん？」

その甘ったるい声に、鼓動がトクンと高鳴るのを感じた。

「い、板野さん？」

垂れ目というわけではないが、どこかトロンとした眼差し、桜色をした唇、そしてどこまでも主張し続ける大きな胸。

間違いようがない。

今日ずっと雄輔を悩ませ続けた彼女が、目の前で柔らかく微笑んでいた。

急速に体温が上昇していくのを感じつつ、それと悟らせないよう精いっぱい平静を装う。

「これも好きなんですね」

イープとは違うが、映画まで作られた人気作品だ。

「はい、今日からレンタルなのを思い出して――。だけど木村さんのほうが早かったですね」

「いいえ、板野さんのほうがタッチの差で早かったですよ。だから譲ります。存分に楽しんでください」

「そんな、悪いです」

申し訳なさそうに上目遣いを向ける麻友子。

意識してか無意識かは定かではないが、雄輔の体温をますます上昇させるには、十分すぎるほど愛らしい仕草だった。

「遠慮しないでください。その……引っ越し祝いだと思ってくれれば」

なおも申し訳なさそうな顔をしていた麻友子だが、不意にパンと手を叩く。

「そうだ。よければ一緒に観ませんか？」


そんなわけで。

木村雄輔は二十五年の人生で、一番の緊張にさらされていた。

親密になれないものだろうかと思い続けていた相手の部屋で、こんなにも気軽に、並んでアニメを鑑賞しているという急すぎる展開に、心がついていかない。

肩が触れそうなほどの至近距離で、この世の物とは思えない甘い香りが鼻腔をくすぐり、アニメどころではない。

あれほど楽しみにしていたタイトルなのに、隣ではしゃぐ麻友子を目の端で追いかけることに夢中になってしまう。

「頑張って！　あっ！　ダ、ダメぇぇぇ！」

大人の色香が漂う麻友子だが、アニメを見ているときは、雄輔よりも年下に思えてしまうほど純真で可愛らしい様子だった。

そんなギャップに、またどうしようもなくときめいてしまう。

「はぁ～、面白かったですね」

かけられた声に我に返ると、スタッフロールが流れていた。

けっきょく約九十分のほとんどを、麻友子を観察することに使ってしまったが、そんなことを言えるはずもなく適当に頷くばかり。

「お、面白かったですね。予想以上でした……うん」

「ええ、予想以上の出来映えで、途中何度も泣きそうになってしまいました」

隣で見ていたから、涙ぐんでいることに気付いていましたとも言えない。

「本当に良かった。正直映画化の話を聞いたときは不安しかなかったんです。テレビシーズがあんなに綺麗に完結しているのに、全編書き下ろしの完全新作だなんて、どう続けるつもりなんだろうと。でも、そんな思いを吹き飛ばしてくれるほど素敵で、少しでも監督さんを疑った自分が恥ずかしいです」

「そう思ってたのは、たぶん板野さんだけじゃありません。俺もまったく同じこと、考えてましたから」

とはいえ、ほぼ見ていないに等しい雄輔にはまだ、正当な評価を下すことは出来ない。

それでも、観察した麻友子の喜怒哀楽ぶりからすれば、まず間違いなくいい出来だったのだろうと想像はついた。

「うふふ、アニメの話を誰かと出来るなんて、学生のとき以来です。やっぱりいいですね、こういうの」

嬉しそうに微笑む姿に、ドキドキしながら何度も頷く。

「俺もです。周りにはアニメの話が出る相手なんか、いませんから」

「まだまだ話したいんですけど……、この後、なにかご予定はありますか？」

「えっ？　な、なにもありませんけど？」

「よろしければ夕飯を食べていってくれませんか？　溜め込んでいたぶん、もっとアニメの話をしたいんです」

雄輔の手を包み込むように握り、顔を近づけ懇願する。

突然の申し出と思わぬボディータッチに、脳みそが沸騰しそうになるのを必死に抑え、このチャンスを逃がしては駄目だと奮い立つ。

「よ、喜んで！　だ、だけどご馳走になってもいいんですか？」

「はい、作りすぎてしまって、ひとりでは食べきれないんです。捨てるのももったいないし、むしろお願いしたいくらいです」

「そういうことなら、ありがたくいただきます！」

「ありがとうございます。じゃあ、すぐに用意をしますね」

立ち上がりキッチンへと向かう背中を見つめながら、感謝したいのはこっちだと思う雄輔であった。

「美味い！　めちゃくちゃ美味いです！」

お世辞でもなく、心の底からこみ上げてくる言葉。

目の前に置かれた料理の数々が、雄輔の目には宝の山に映る。

鮭の塩焼きにきんぴらと肉じゃが、そしてほうれん草のおひたしとシジミの味噌汁。そのどれもが頬を蕩けさせ手が止まらない。

そんな姿を麻友子は、ただただ嬉しそうに見つめてくる。

「お世辞でも、感想を言ってくれる人がいると嬉しいものですね」

「お世辞なんてそんな！　本当に美味いです！　いつもは外食かコンビニ弁当だから、こんなにちゃんとした食事も久しぶりなんで、ほんとに感動してます！」

「感動だなんて……大袈裟ですよ」

可愛いだけでなく、趣味も合う。その上料理も上手いとくれば、ますます麻友子に惹かれていくのを感じつつ、夢のような時間を満喫していた。

「それにしても、昨日引っ越してきたばかりなのに、すっかり片づいてますね。俺だったらしばらく段ボールに囲まれてますよ」

「必要最低限の物しか持ってきませんでしたから。それより、おかわりいかがです？」

「よろしくお願いします」

差し出した茶碗を受け取り、麻友子は炊飯器からご飯をよそってくれる。

待っている間に、何気に室内を見回してみた。

女性の部屋をマジマジ見るのは失礼だと思いながらも、少しでも彼女のことを知りたいと探ってしまう。

隣部屋で同じ間取りだというのに、住む人間が違うだけでこうも印象は変わるものかと、微かに漂う甘い香りを吸い込んでいると、ある物が目に飛び込んできた。

棚に置かれたどこにでにある普通の写真立て。それ自体なにもおかしなところなどない。

厳つい中年男性と腕組みをしている麻友子の写真。

二人の年齢差と親密ぶりから、恐らくは父親なのだろうか。

あまり似ていないことから麻友子は母親似なんだなぁ、などと思いを巡らせていると、おかわりの茶碗が置かれた。

「お父さんと仲がいいんですね」

かけられた言葉に要領を得ない顔をする麻友子だったが、雄輔の視線に気付いて、ああと納得する。

「それ、主人です」

今度は雄輔が、言葉の意味を一瞬理解することができなかった。

主人？　主人と言った？　これは冗談？　様々な思いが頭の中をぐるぐると駆け巡り、困惑しつつも視線は麻友子の手へと向けられていた。

なぜ今の今まで気付かなかったのか、左の薬指にはめられた指輪の存在を。

あまりにも理想の存在が突如現れて、舞い上がっていたのだろう。

だから当然、あり得る可能性を失念していた。己の間抜けさに落胆を隠せない。

しかし、どう見ても親子ほどの年齢差がある相手が旦那だなんて。

「やっぱり親子に見えますよね？」

どこか気恥ずかしそうな姿に慌てて否定しようとするが、自分から言った手前、言葉がない。

「あはは……よく言われるんですよ。二十二才も差があれば、仕方がないですよね」

「で、でも仲がよさそうですね。夫婦なんだから当然か。だけどいいんですか、旦那さんが不在のときに男を部屋に上げたりして……怒られたりしませんか？」

「怒られませんよ。怒れるものなら、怒りに来てほしいくらいです」

「それはどういう？」

「単身赴任なんです。あと一年は戻ってきません」

どこか寂しげな姿に心を痛めつつも、麻友子に対する好奇心からつい言葉が漏れ出す。

「もしかして……それで引っ越してきたんですか？」

「はい。持ち家があるんですけど、ひとりで暮らすには広すぎて……。近所づきあいも苦手だったので、わがままを言って一年間限定での引っ越しです」

結婚していたこともショックだが、一年後にはいなくなってしまうということが、この上なく堪えた。

「ですから、ここは主人との自宅ではないんです。気にせずくつろいでくださいね。そうだ、お酒はいける口ですか？」

「え？ まあ、人並みには」

「それじゃ、少しお付き合い願えませんか？ なんだか、少し飲みたい気分なんです」

少しほっとしたのと、断る理由もないので、晩酌に付き合うことにした。

久しぶりのアルコールのせいか、いつもよりも饒舌な自分を感じながらアニメ談義に花が咲く。社会に出てからはアニメについて語り合える相手がいなかった雄輔にとっても、夢のようなひと時だった。

結婚していようがどうだろうが、やはり麻友子は魅力的な女性であり、こみ上げる恋心を抑えることなどできなかった。

「アニメの話を遠慮なくできるなんて、数年ぶりです。木村さんがお隣で良かった。こんな楽しい時間は久しぶりです」

麻友子が自分と同じ気持ちでいてくれたことを嬉しく思いつつ、注がれたばかりのコップを傾ける。

「ご主人とは、そんな話をしたりはしないんですか？」

「ええ……夫はアニメやゲーム、そういったオタク趣味にはまるで興味がなくて……むしろ幼稚だから、いい加減卒業しろと何度も怒られてしまって」

アニメは世界に誇れる日本の文化だと取り上げられる昨今であっても、子供が見るものという考えは根強く残っている。麻友子の夫もそのタイプなんだろう。

とはいえ雄輔も、人の旦那の悪口を言うほど幼稚ではない。黙って話に耳を傾けた。

「だいたいあの人は、いつも私のことを子供扱いで……わかります？　愛する人に対等に見てもらえない寂しさを！」

そうとうに溜まっていたのか、酒を飲むピッチが速い。

きっとこれまで、誰にもぶつけることのできなかった思いなんだろう。

少しでも麻友子の助けになりたいという思いが聞き手に徹しさせ、ときには共感し、同調を繰り返す。

「木村さんは素敵ですね……。夫はこんなふうに話を聞いてくれたこともない……口を開ければ疲れているからって……主婦が疲れないとでも思っているのかな？」

麻友子は大きくグラスを傾けアルコールを流し込み、強めの音を立ててテーブルに置くと、ひときわ深い溜息を吐いた。

「ときどき不安になるんですよ。私って愛されてるのかな～って」

「愛してなかったら結婚なんかしないと思いますよ？　大丈夫ですって、ちゃんと愛されてますすよ」

一方的とはいえ、恋敵のフォローをしている自分を滑稽と思いながらも、麻友子を慰めたいという思いは止まない。

だがそんな思いとは裏腹に、彼女の不満が衰えることはなかった。

「私、子供と一緒にコスプレするのが夢なんです！」

「え？　ええ、うん、素敵な夢ですね」

「だけどあの人、自分がもう歳だから、子供はいらないって言うんです！」

麻友子は棚から日本酒を取り出してきて、なみなみと注ぐと一気に流し込んだ。

「そのせいか、夜のほうも淡泊で前戯とかおざなりなんですよ！　人のことをオナホールくらいにしか思ってないのかも！」

「オ、オナ……」

オタクだとはわかっていたが、まさかエロ方面にも素養があるのだろうか？

麻友子の豹変に、さすがにたじろいでしまうが、年上美女のエロトークには不思議な魅力がある。雄輔は、思わず引き込まれた。

「いいえ、オナホならまだいいですよ。そもそも私に興味がないのかも！　だってぜんぜん抱いてくれないんですよ。ひと月に一回だってないんですから！　下手をすれば三ヶ月に一度あるかないか！」

思わぬ会話の流れに、どう反応したらいいかわからず、雄輔は赤面するばかりだ。

人妻とは、こんなにも性にあけっぴろげなものなのかと感心する。

「むこうはそうかもしれませんけど、私はまだまだ若いんですから、色々持て余しちゃうじゃないですか、最近どんどんオナニーの回数ばかり増えていって、欲求不満です！」

「オ、オナニーとか……するんですね？」

つい、そうつっこんでしまう。

「そりゃしますよ！　木村さんはしないんですか？」

「え？　いや……え〜と……しますね」

「でしょ？　なにもおかしいことなんかありません。だって人間はエッチに出来てるんですから」

麻友子がオナニーで乱れ狂う姿を妄想しただけで、はち切れんばかりに勃起してしまう。それを悟られないように隠していたが、これまで正面に座っていた麻友子がおもむろに、雄輔の隣へ移動し、そのまま頭を預けるように肩へともたれかかってきた。

予想だにしなかった展開に、嫌でも鼓動は高鳴りだす。

アルコールに混じった濃厚なメスの臭いが鼻腔を刺激して、思考を白く塗り潰していく。

「うふふ、だけど彼女いるんですよね？　オナニーなんかしなくても彼女に抜いてもらえばいいじゃないですか、それとも木村さんも……セックスに興味ないんですか？」

「彼女なんか、今まで一度もいたことないですから……」

「こんなに素敵なのに？」

「素敵なことなんか、なにもありませんよ……」

「でも、童貞ってことはありませんよね？」

「お恥ずかしいことに……童貞です」

セックスどころか合コンすら経験がない。

慣れないエロトークのせいで、つい白状してしまった。

すると麻友子は嬉しそうに目を細め、雄輔の股間に手を伸ばしてくる。

不意の攻撃に、限界まで勃起していたペニスはビクリと震え、思わず声が漏れる。

「こんなに固くして……もしかして、私なんかで興奮してくれたんですか？」

「板野さんは魅力的ですよ……なんか、なんてことないです……」

「……嬉しい。いつもオナニーじゃ寂しいでしょ？　私が抜いてあげましょうか？」

なにを言われているのか、まったく理解できなかった。

だが次の瞬間、手慣れた手つきでズボンを脱がせる麻友子にハッと我に返る。

「な、なにをしてるんです？」

「ああ、久しぶりのチンポ……想像していたよりずっと大きい」

ウットリとした眼差しで舌なめずりすると、しなやかな指でペニスを優しく包み込む。

不意の行動にゾクリとした感覚が、ペニスを中心に駆け抜け達してしまいそうになる。

自分のものとはまるで違う指の感触、それが好意を抱いている麻友子のものなら嫌でもいつも以上に感じてしまう。

「凄い、こんなに固くして……やっぱり若いと違うのね……こんな感触ひさしぶりだわ」

嬉しそうに握ったペニスを上下に摩りだす。

スベスベの指が竿を撫でるたび、腰が浮いてしまうほどの快楽が襲う。

そんな雄輔の反応に気をよくしたのか、しごく手の動きにも熱がこもっていく。

「初々しい……そんな可愛い反応されたら、いっぱいサービスしたくなっちゃう」

「板野さん……激しいすぎます……」

「板野さんじゃムードがでないでしょ、麻友子って呼んで」

それまでの物腰の柔らかな喋りから一変、一語一語に艶っぽさを絡めた大人の女が顔を出す。清楚だと思っていた若妻らしい服装も、急にエロく見えてきた。

「でも……そんな、旦那さんにも悪いですし……」

「麻友子って呼んでくれたら、もっといいことしてあげる」

魅惑の誘惑、童貞である雄輔にそれを突き放すだけの余裕はない。むしろ好奇心がムクムクと膨れあがり流されていく。

「ま、麻友子さん……。これでいいですか？」

「呼び捨てでもいいのに……まだまだ距離を感じちゃう」

少し不満げな声を漏らすが、すぐに悪戯っ子のような顔になってペニスに向かい、口元から唾液を垂らした。

生温かな感触が亀頭を中心に幾重もの筋を作り出し、それが潤滑油となって指の動きが滑らかに変わる。

ヌチャヌチャとした水気を帯びた音に、雄輔の吐息が重なり音量を上げていく。

「はぁはぁ……くぅぅ……やばい、やばすぎる……」

これが人妻のテクニックなのだろうか。可愛すぎる上に、エロすぎる！

「手の中でピクピク震えてる……我慢汁もこんなに……そんなに気持ちいい？」

「気持ちいいなんてもんじゃ……板野さん上手すぎます……」

「ま・ゆ・こ・でしょ？」

指先でカリ首のくびれを撫で、耳元で囁かれた。

身も心も蕩けてしまいそうな甘い声に、雄輔は抗うことが出来ない。

「麻友子さん……ずいぶん手慣れてるんですね……？」

「うふふ、そりゃ人妻だもの。もっと凄いことだって出来るわよ？」

自分以外の男に奉仕する麻友子を想像して、黒い感情がにじみ出す。

だがそれを表に出せるほど、雄輔は子供でもなく気が強くもなかった。

ただ流されるまま快楽のうねりに翻弄されていく。

「はぁはぁ……もっと清楚な人だと思ってたのに……。まさかこんなにエロエロだったなんて……」

「失望しちゃった？」

「いいえ……ギャップ萌です……くぅぅ……！」

「よかった……ねえ、私も気持ちよくして」

ゾクリとするほど艶めかしく甘え、おもむろに上着を脱ぎそのままブラジャーを外した。

締めつけるものがなにもなくなり、プルンと震えて姿を現す豊満な乳房。

これまで幾度となく目を釘付けにして止まなかったものの登場に、思わず生唾を飲んでしまう。

「すげー……なんて大迫力なんだ……」

「うふふ、好きに触ってもいいわよ」

「ほ、本当に？」

「穴が空きそうなほど見てたんだから、嫌いじゃないでしょ？」

バレていないつもりでいたが、胸を盗み見ていたことに気付かれていたのだと恥ずかしくなる。

だが美乳の魅力が羞恥心を上回り、まるで引力に引き寄せられるように乳首にしゃぶりつき乳房を揉みしだいた。

「んぅぅ……さっきまであんなに大人しかったのに激しい……オッパイ好きなのね」

「す、すみません……」

「別に謝ることじゃないわ……遠慮しないで好きなだけしゃぶって」

夢のような言葉に舞い上がり、雄輔は夢中になって胸を攻めた。

圧倒的なボリュームを誇る乳房を持ち上げるように揉み、ピンと立った乳首を甘噛みして、先端を舌先で嘗め回す。

指に吸い付く、きめの細かな肌と絶妙な弾力を誇る乳首の感触に、理性が働かない。

チュパチュパと音を立てて、夢中になって乳首をしゃぶり尽くす雄輔の舌先に広がる微かな甘味があった。

なんだと思って見てみると、白い液体が乳首の先から滲み出ていた。

「まさか……これって……母乳？　え？　もしかして妊娠して……」

狼狽える雄輔に、麻友子はうふふと笑い、耳たぶをペロリと舐める。

「妊娠はしてないわよ、そういう体質なの。だから遠慮しないでいいわ」

全身の毛が逆立つほどの妖艶な声に再びしゃぶりつく。

舌で転がし唾液を擦りつけ、先端から母乳をすくい上げる。

生まれたての赤ん坊のように、それを求めずにはいられなかった。

「んぅぅ……はぁ……くぅ……可愛い……そんな一生懸命にされたら悪い気はしないわ

ね……」

くすぐったそうに身をよじりながらも、麻友子は童貞ペニスへの手コキを止めない。むしろこれまで以上に弱いところを突いてくる。

「ねえ、キスしましょう。すっごく、情熱的でエッチな」

近づいてくる唇から逃げられない、そして俺はファーストキスを失った。

柔らかな唇に蕩けていると、口の中に割って入ってくる舌。初めこそ戸惑う雄輔だったが、すぐに舌を絡め、互いの唾液を交換する。

「キスって大好き……キスだけでイケる自信あるもの。雄輔さんはどう？」

「俺も好きです……クラクラしちゃいます」

「なら、もっとクラクラさせてあげる」

麻友子の指の攻めが、より敏感なところへと場所を変えていく。袋を揉み、竿に浮かんだ血管を撫で、尿道を刺激する。

オナニーとは比べものにならない衝撃に、かつてないほど激しい射精感がこみ上げる。

「麻友子さん……もう……」

「わかってますよ。イキそうなんでしょ？　このまま出して……私に雄輔さんのイクところを見せて」

初めて名前を呼ばれた喜びも濁流のように押し寄せる感覚に流され、ただひとつのこと

しか感がえられなくなる。

ただ果てること、このまま白い指にイカされたいとそれしか考えられない。やがてそれすら思考から消え世界が真っ白に染まった瞬間、ブルッと身体を震わせ激しく射精した。

「うくっ……!!」

勢いよく飛び散る大量の精液を、麻友子はウットリと見つめていた。

「こんなにたくさん……それに勢いが凄いわ……ゾクゾクしちゃう」

指に付いた精液をネットリと舌で舐め取り、妖艶に微笑む。

そして自らの股間を撫でると、ゾクッとするほどの眼差しを向ける。

「凄くいい……手でしただけなのに、こんなにビショ濡れなんて……早くこのチンポを食べちゃいたい、私のをめちゃくちゃにしてほしい……」

「え、なにをです……?」

「雄輔さんの童貞……貰ってもいいわよね……」

服を脱ぎ出す麻友子の姿に、雄輔は我に返った。

慌てて跳ね起きパンツを履くと、玄関へと向かう。

「雄輔さん?」

突然の行動に、麻友子はキョトンとしていた。

「今日はもう帰ります。ご飯美味かったです。ご馳走様」

「え？　帰るって……本番はこれから——」

言葉を最後まで聞くことなく、雄輔は逃げるように部屋を後にした。


部屋に戻るなり鍵をかけ、扉にもたれかかるように座り込む。

麻友子の色香に飲まれ溺れかけたが、射精したことによって冷静な思考が戻り、すんでのところで立ち止まることが出来たようだ。

あのままあそこにいれば、確実に関係を結んでいただろう。たしかに、憧れの女性で童貞を卒業できるなら、これ以上のことはない。

だが、麻友子と酔った勢いですることには抵抗があった。勢いだけでしてしまっていいのだろうかと。

あれだけ酩酊していた以上、正常な思考が働いていたのかどうかも怪しい。関係を結んだあとに酔いが醒め、我に返ったとき取り返しのつかないことをしてしまったと苦しませてしまうかもしれない。

麻友子を悲しませるようなことだけはしたくない、あの一瞬で雄輔の脳裏に浮かんだのはそのことだった。

「だけど気持ちよかったな……それにエロかった」

汗ばむ肌と華奢な指の感触、濃厚なフェロモンの香りと心を魅了して止まない熱を帯びた瞳。数分前まで側にあったその現実に、雄輔の股間は再び固さを取り戻していた。

そしてあり得ないと思いつつも、どうしても考えてしまう。

もし正常なときに麻友子に言い寄られたら、そのときはと――。

「板野さんの感触が残ってるうちに、一発抜いておくか」


「おはようございます。今日もいい天気ですね」

部屋を出るなりかけられた声に、雄輔の鼓動は激しく跳ね上がる。

「お、おはようございます」

返事を返してみたものの、麻友子の顔をまともに見ることができない。

昨日あんなことがあったばかりなのだから、それも仕方がない。

一晩経っても消えないいない麻友子の感触。

二次元ではけして味わうことの出来ない生身の温もり。

今でも鮮明に蘇るペニスを撫でる指の動きに、危うく本人を目の前に勃起してしまいそうになる。

「それと、昨日はすみません」

申し訳なさそうにする麻友子だったが、雄輔は後ろめたさから視線を外したままだ。

そんな態度が気になるのか、恐る恐る麻友子が訪ねてくる。

「あの……もしかして昨日、なにかしちゃいましたか？」

「え？　覚えてないんですか？」

「はい……途中からなにも……なにか失礼なことをしたんですか？」

それまで背けていた視線を、初めて麻友子へと向ける。

不安げに上目遣いを向ける姿は、とても可愛らしく、昨晩の人物と同一だとは思えない。

緊張の糸から解き放たれ、雄輔は努めて自然に微笑む。

「大丈夫ですよ。なにもありませんでした」

「本当ですか？」

「はい、楽しいひとときでしたよ」

雄輔の言葉にようやく安堵の表情を浮かべる。

この笑顔を見られただけでも、関係を結ばなくて正解だったと思えた。

「またアニメのお話ししましょうね」

「もちろん喜んで」

それからは、挨拶を交わしときにはアニメの話で盛り上がることはあっても、ふたりの仲が進展することはなかった。

出来ることなら、もっと深い関係になりたいという欲がないといったら嘘にはなるが、相手が人妻である以上、与えられたささやかな幸せで満足するしかないと諦めてもいた。同じ趣味の知人がいてくれる。もうそれだけでいいじゃないかと。

そんなある日、麻友子が年配の男と腕を組んでいるのを目撃してしまう。相手の顔に見覚えがある。以前、写真で見た麻友子の夫で間違いないだろう。単身赴任中とのことだが、休暇でも利用して帰ってきたのかもしれない。

だが、雄輔の胸の内にあるのは、そういうことではなかった。人妻だということは理解していた。しかし、その相手は写真でしか見たことがなく、どこか現実味を帯びてはいなかった。それこそモニターの向こう側のような感覚が今の今まであった。

にも関わらず、不意打ちのごとく突然現実を突きつけられ、かつてない感情が幾重にも駆け巡る。

なかでももっとも強く揺れ動いた感情は嫉妬だ。

自分が憧れ、恋い焦がれた相手をものにした相手へのヤキモチ。自分にはけっして向けられることのない麻友子の表情に苛立ちを覚えてしまう。

本来そんな感情を抱く権利などないことは雄輔自身も痛いほど理解していたが、湧き上がる思いをどうしても抑えることが出来なかった。

これ以上ここにいてはおかしくなりそうだと、踵を返そうとしたところで、甘い声が雄輔を引き留めた。

「あ、木村さん。お仕事の帰りですか？」

いつもなら何時間でも見ていたいと思える顔も、このときだけは別だった。

それでも声をかけられた以上、無視することも出来ず仕方がなく向き直る。

「板野さん、こんばんは。ええ、今帰りなんですよ」

努めて自然を装っているつもりだが、効果のほどは怪しいと内心で焦る。しかし、麻友子はとくに気にすることもなく、旦那を一瞥してから恥ずかしそうに口を開いた。

「こちら、うちの亭主です」

麻友子に促された旦那が会釈をし、それにならい雄輔も返す。

「麻友子がお世話になっているそうで、ありがとうございます。聞いているかとは思いますが私は単身赴任中で、これには寂しい思いをさせています。よければこれからも仲良くしてやってください」

圧倒的なまでの大人な対応に雄輔は恐縮するばかり、そんな情けない自分に腹を立てながらも、現実はこういうものだと諦めの境地にも立っていた。

「それでは、友人との約束がありますので失礼します」

もうこれ以上ここに留まることは出来ないとありもしない約束をでっち上げ、雄輔は逃げるようにその場を後にした。

「どうした、暗い顔をして。なにか仕事でミスったか？」

肩を揉みながら、作倉がそんな風に声をかけてきた。

しかし、まさか隣りの部屋から聞こえてくる夫婦の営みの声をオカズに、オナニーをしてしまったので、死にたい気分でいっぱいだった……などと言えるはずもない。

「別になんでもないよ。ただ気分の上がらないときってあるだろ？　それだよそれ」

「まあ、確かにそういう気分のときもあるか……俺はあんまりないけどな」

「脳天気で羨ましいよ。お前くらい楽天的なら、さぞ人生イージーモードなんだろうな」

聞く人が聞けば感じの悪い言葉に聞こえるかも知れないが、悪意がないことを理解している作倉は気にせず、きししと笑う。

「いやいや、わかってないな、あえてハードモードに挑むのが男ってもんだろ？　結構こう見えて苦労してるんだぜ、主に女関係で」

ドヤ顔を向けられる意味がわからないと溜息が漏れるが、やはり作倉は気にしない。

「こういうとき彼女がいれば気も晴れたりするだろ。作んねえのか、彼女？」

「そんな簡単に作れたら、苦労はしないよ」

「あれれ、苦労なんかしてたのか？　積極的に彼女を作ろうと努力してる素振りなんか、

「そういうお前は、なにを基準にするっていうんだよ？　てか、どんな子が好みなんだ？」

呆れた眼差しを向ける雄輔に、それでも作倉は『だろ？』と同意を求めてくる。

「大切なことだぜ。付き合うとなれば何十回とセックスするんだ。好みの身体のほうが燃えるし飽きもこないし、いいことずくめだ」

「胸を基準に相手を選ぶのかよ」

「そりゃそうだ。巨乳じゃないとごめんなさいだわ、俺も」

「どうするって、そのときになってみねーとわかんないよ。実際に会って話してみないとなんともだ。いくら彼女が欲しいからって、手当たり次第ってわけじゃないよ」

「んじゃ、もしもお前のことを好きだって女の子が現れたら、どうするよ？」

「二次元嫁は数え切れないほどいるけどな、それとこれは別問題だよ。俺だって人肌が恋しくなることとくらいある」

再びきししと笑いながら、何度も肩を叩く腕を振り払い向き直る。

「それを聞いて安心したよ、俺の彼女は二次元だけだとか言われたら流石に引いてたよ」

「そりゃ普通に思うよ」

「でもそんな言葉が出てくるってことは、彼女が欲しいとは思ってるんだよな？」

痛いところを突かれたが、ここで認めるのも癪だとあえて返さない。

微塵も感じなかったけどな」

投げかけられた問いに、脳裏に浮かんだのは他でもない麻友子の顔だったが、どうにもならない現実にうなだれるばかりだ。

「……話が合えばいいよ」

「それって、オタクってことか？」

「オタク趣味に理解はあって欲しいけど、別に相手には求めないよ」

「そうか、話が合って、かつルックスもよければさらによしってことでいいんだな？」

「そりゃ、見た目がよくてマイナスなことなんかないからな」

「OKOK、邪魔して悪かったな、終業時間までバリバリ働こうぜ！」

なにやらひとりで納得し、作倉は席へと戻っていく。

「彼女が出来れば、板野さんのことを諦められるかな？」

ボソッと呟いた声は誰の耳に届くことなくかき消えた。

麻友子への思いを断ち切れない雄輔は、情けないと思いながらも溜まりに溜まったものを吐き出す捌け口を求め、アダルトショップへと立ち寄っていた。

店内を埋め尽くすグッズの数々。雄輔が用があるのは、その中でももっともスペースを割いているアダルトDVDコーナー。

所狭しと並べられたパッケージをひとつずつ確認し、吟味に吟味を重ねていた。

そこで、とあるパッケージに手が止まる。

瓜二つというほどではないが、どこか麻友子に雰囲気の似た巨乳女優、しかも人妻モノで値段も安価。

迷う理由はなにひとつない。雄輔はＤＶＤを手にレジへと向かった。

非建設的だとは思いながらも、掘り出し物に雄輔の心は弾む。

現実的な問題として、麻友子との仲を進展させようがない以上は代替品で我慢するしかない。明日は休日。どれだけ疲れ果てようと問題はない。

このＤＶＤをオカズに、抜けるだけ抜いてやると意気込み帰ってくると、アパートの前で停車していたタクシーが走り出す。

「お仕事お疲れ様です。木村さん」

遠ざかっていくタクシーを見送っていた麻友子が、雄輔に気付き声をかけてくる。

「あ、ありがとうございます。今のもしかしてご主人ですか？」

「はい、単身赴任先へ帰ったところです」

「えー、もう帰っちゃったんですか？」

そう言葉にしてみたものの、内心、仲睦まじいふたりを見ずにすんだと喜んでいた。

反面、そんなふうに考えてしまう自分が恥ずかしくもある。

「会いに来てくれただけで十分です」

幸せそうに微笑む姿に、いまさらながら自分が割って入る余地などないと凹まされる。

「それじゃ、また」

手に持ったAVのこともあり一刻も早く部屋へと逃げ込みたいと、その場を離れようとした瞬間、なにかに足を取られ視界が急転する。

直後、手の平と膝に走る痛みで、近すぎる地面に盛大に転んだのだと理解する。

よりにもよって麻友子の目の前でこけるという失態を犯してしまい、ただでさえいたたまれないところに、追い打ちを喰らってしまった。穴があったら入りたいとはこういうことを言うのだろう。

だがこの程度のことは、まだ序の口だったと思い知らされる。

「大変、荷物が散らばって――あっ……」

戸惑いの色をふくんだ声に顔を上げると、あろうことか剥き出しになったDVDを手に持つ麻友子が視界に飛び込んできた。

穴があったら入りたいどころの騒ぎではない。

今すぐ消えてなくなりたいという羞恥で全身が真っ赤に染まる。

「この女優さん……どことなく私に似ていませんか？」

なにもそれを本人が口にしなくても、と思いながら軽いパニックに陥ってしまう。

鼓動は早鐘のように高鳴り、汗は滲み、口の中は乾燥した。

「す、すみません……なんか色々と……」

「うふふ、どうして謝るんですか？　もしかして本当に私に似ているから買った、とか？」

「そ、それは……え～と……すみません……」

なんて返したら正解なのかが見えてこない。

今の雄輔には、謝る以外の選択肢はないように思えた。

そして完全に嫌われたなという思いが、さらに精神に追い打ちをかける。

だが、かけられた言葉は雄輔が予想していたものではなかった。

「よかったら、うちでお茶でもしませんか？」

この流れでどうしてそうなるのか、様々な思いがぐるぐると頭の中を巡るが、なぜか拒否権があるようには思えなくて、首を縦に振るしかなかった。

「コーヒーで良かったですか？」

「は、はい、問題ありません」

数日ぶりに訪れた麻友子の部屋は、少しだけ物が増えているような気がした。

これで2度目の訪問になるが、初めて訪れたときとは別な意味で緊張している。

いったいどういう意図があって招いたのかが雄輔にはわからない。

どん引かれたものだとばかり思っていたが、麻友子の態度を見る限り、そんな素振りは感じない。いつもと変わらず接してくれているように思える。

もしかしたら、見なかったことにしてくれているのか、はたまた人妻の余裕なのか、とにかく今は麻友子の反応を待つほかない。

「お砂糖とミルク、こちらに置きますね」

「ブラック派なんで、このままで大丈夫です」

「まあ、ブラックなんですね。私、苦いのが苦手でいつも砂糖とミルクをたくさん入れちゃうんですよ。おかげ夫に、子供だって呆れられてるんです」

夫婦の仲睦まじさをアピールされているようで居心地が悪い。それでもなにか返さないといけないと言葉を絞り出す。

「仲がいいんですね」

自らの心を抉る一言に対して、麻友子はもちろんと頷くも、すぐに複雑そうな表情を浮かべ溜息を吐く。

「だけど、まったく不満がないわけでもないんですよ」

「そうなんですか？　でも、不満がなにもない夫婦ってのも、いないんじゃないですか？」

「それはそうなんですけどね。もう少し頑張って欲しいかなって……ただの我が儘なんですけどね」

「板野さんの我が儘なら、きっと可愛らしいものなんでしょうね」

「うふふ、木村さんは優しいんですね」

部屋に招かれてから今まで、不安と戸惑いに押し潰されそうな雄輔だったが、和やかな雰囲気に考えすぎだったようだとようやく安堵する。

麻友子は自分が思っていた以上に大人の女性であり、AV程度のことで人の評価を下げるような真似をしないのだと。

そのことがますます彼女の評価を高め、好きという気持ちをよりいっそう深めた。

だからこそ好かれたいと思う。そのためには彼女の力になりたいと自然に思えた。

「優しくなんてないですが……もし俺で力になれることがあったら遠慮なく言ってくださいね。大したことは出来ないけど愚痴くらいなら聞きますよ?」

「本当ですか? それじゃさっそく聞いてもらっちゃおうかな」

「どうぞどうぞ、遠慮なく」

「さっき言った私の我が儘のことなんですけど、どう思うか感想を聞かせて貰えますか?」

真っ直ぐに瞳を見つめられドキリとしてしまう。

雄輔の言葉を促すように、麻友子は艶めかしく微笑んだ。

「実は今とても欲求不満なんです。木村さんにアパートの前で会わなかったら、今頃オナニーしていたところですよ」

予想の斜め上の発言に、思わず吹き出しそうになるのをなんとか堪え麻友子を見る。

その表情を雄輔は知っていた。初めてこの部屋を訪れたときに見せたものと同じ、包み隠すことなく解き放たれた全力のエロス。

だけどあのときは酔っていた。今日は部屋に来てからは一滴も飲んでいないはずなのにどうして？　と戸惑う雄輔をよそに、麻友子は挑発的な眼差しを止めない。

「昨日、数ヶ月ぶりにあの人とセックスしたんだけど、相変わらず前戯はおざなりだし、先にイクだけイッてそのまま寝ちゃうし、もう少しサービスしてもらいたいな～って。夜の営みも大切にしてこその夫婦、妻を満足させるのは夫の役目だと思うんですよ。どう思いますか？」

赤裸々な人妻トークに、童貞青年としては、たじたじになってしまう。

「ど、どうと聞かれましても……」

「男性からみたら、やっぱり私の我が儘なのかな？　それとも単純に、抱きたいって思えるほど私に魅力がないのかな？」

「そんなこと！　そんなことありません、板野さんは魅力的です！　俺、こんなに素敵な女性に会ったことありません！　もし俺が旦那だったら毎日足腰が立たなくなるまで抱いてますから！」

勢いに任せて本音が漏れてしまう。すぐ我に返り激しく後悔してみたが、一度口にした言葉をなかったことには出来ない。

　だが心配をよそに、いつの間にか背後の回った麻友子が首に腕を回し抱きついてきた。

予想外の連続に固まるしかない雄輔の背中にあたる柔らかな感触。

　この先の展開が、まるで読めない。

「うふふ、ありがとうございます。だけどダメですよ」

当然の答えだと自分の軽率さを呪いかけたが、またしても期待を裏切られる。

「私のことは、麻友子って呼んでって言ったじゃない」

「え？　板野さん？」

「違うわよ。麻友子でしょ？」

雰囲気ががらりと変わる、それまでのお淑やかな姿から妖艶な姿へと。

「麻友子さん……もしかしてこの前のこと覚えて……酔ってたんじゃ……」

「もちろん全部覚えてるわよ。私、こう見えてお酒には強いんだから」

思わぬ告白に鼓動が高鳴っていく。

もし言っていることが本当だとしたら、あのときあんな真似をしてきたのはアルコールのせいではなく、麻友子の意思だということになる。

　一度は諦めた思いが、期待が、加速度的に膨らんでいく。

「それともうひとつ。こう見えて私だって、ちゃんと相手のことを見てるのよ。自分が相手にどう見られてるのかなって。雄輔さん私のことを性的な目で見てますよね？」

ドキリとして、心臓が跳ねる。

「別に非難しているわけじゃないのよ。むしろその逆で、感謝したいくらい。だって私もまだ捨てたものじゃないのかなって、思えたから。あのＤＶＤで……するつもりだったんでしょ？　私にどこか似たあの子で」

クスッと笑い、真っ赤に染まった雄輔の耳に唇を近づける。

「性欲を持て余した男と女がいるのに、お互いオナニーですませてしまおうなんて、もったいないと思わない？　この前は逃げられちゃったけど、雄輔さんの童貞を……私にください」

夢か現実かわからない。

でも、麻友子の放つ強烈な色気に逆らうことなど出来るはずもなかった。


そこから先のことはまさに夢のようだった。

昨晩夫婦で愛し合ったであろう寝室のベッドの上で情事にふける。

前回同様、痛いほど反り返ったペニスを手慣れた手つきで愛撫する麻友子。

あまりの気持ちよさに、あれ以降オナニーをしてもどこか物足りなさを感じるようになってしまっていた。そうして悶々と溜め込んだものが、竿を擦られるたびに薄らいでいく。

むしろ我慢し続けた分、前回以上の快楽に包まれて早くも頭がボーッとし、腰が勝手にカクカクと震える。

「やっぱり素敵なチンポだわ……こうして触っているだけで感じちゃう。うふふ、まるで手を犯されているみたい」

「気持ちいい……気持ちよすぎますよ……」

「もっともっと、気持ちよくしてあげられるわよ？」

耳たぶを甘噛みされ、背筋がゾクゾクと小刻みに震えた。

「お願いしてもいいですか？」

「ええ、もちろん。少し力を抜いてみて」

いったいなにをされるのだろうと思いつつも、気持ちよくなりたいという一心から素直に従う。脱力したのを確認し、麻友子はおもむろに雄輔のアナルを指先で撫でつける。

思いがけない行動に驚いたが、言葉を挟むことはしなかった。

だが次の瞬間、アナルをこじ開け体内に入ってくる指の感触に、思わず間抜けな声を出して穴を締める。

「はっ、ふはっ……な、なにを……？」

「前立腺よ。ここを愛撫されると、身悶えするほど気持ちいいんだから」

確かにそんな話を聞いたことはあるが、なんの前触れもなく尻に指を突っ込まれ、どう対応したらいいのかわからない。

「そんなところに指なんか入れて……汚いですよ……あぁぁぁぁっ!!」

亀頭を撫でられて力が抜ける。麻友子はその一瞬を見逃すことなく、アナルのさらに奥へと指を差し込んだ。

「うふふ、これだけ入れれば十分。さあ、可愛い声を聞かせてちょうだい」

言い終わるのとほぼ同時に、差し込まれた指が動き出す。これまでアナルに異物を入れたことなどない雄輔にとって、それは未知なる感覚だ。

生まれてから一度たりとも経験したことのない、形容しがたい暴力的なまでの快楽。

信じられないことに指を挿入されてから十秒足らずで、雄輔は激しく射精していた。

「うわぁぁっっ⁉」

「うふふ、今日もたくさん出したわね」

飛び散った精液を嬉しそうに見つめながら、麻友子は尻をなおも攻め立てる。

絶頂の余韻に浸る間もなく、再び襲う快楽に脳が蕩けそうになる。

「あっあっ……んんぅぅ……そんなにされたら……おかしく……くぅぅ……!」

「大丈夫、心配しないでイキ続けて」

「そんな……あっあ……ひゃぁぁぁぁ!!」

自分のものとは思えない間抜けた声が鼓膜を振動させ、開きっぱなしの口からはだらしなくヨダレが滴り落ちる。

「こんな気持ちいいこと知ったら……もう普通のオナニーじゃ満足できない……」

「うふふ、これからは抜きたくなったらいつでも声をかけてね、喜んでお世話するわ」

「いいんですか？　それじゃまるで――」

「そう、私たちセフレになりましょう。若い身体を持て余してる者同士、慰め合えるなんて、こんな素敵なことはないわ。それとも嫌？」

嫌なわけなどない、むしろ金を払ってでもお願いしたいくらいだと首を何度も横に振る。

雄輔の反応に満足げに目を細め、カリ首を撫でながら前立腺への刺激を続けてくれる。

「くぅぅ……ダメだ……それ以上は……あぁぁぁぁぁ……！」

一度目の射精から一分と経たず、二度目の射精を迎えた。

「二回も出したのに、まだこんなに硬い……どれだけ出るか試してみたくなるわね」

「ま、待ってください……一度指を抜いてください……俺だけが気持ちよくなるのは公平じゃないから……俺も麻友子さんを気持ちよくしてあげたい……お願いします……」

「嬉しい……それじゃ雄輔さんの好きにして……あなたを感じさせて」

二度の射精で朦朧とする頭を振り、雄輔は麻友子の服を脱がせる。

窮屈そうにブラジャーに押し込められた乳房が姿を現し、がっつくようにホックを外しにかかる。

しかし気が逸るほどにホックが外れない。どういうふうになっているんだと悪戦苦闘を繰り返し、なんとかブラジャーを剥ぎ取ることに成功した。

寝ても覚めても夢にまで見た、この豊満な乳房。

手の平にずっしりとのしかかる重み。ピンと固く勃起した乳首は、人妻のものとは思えないほど若々しい色を保ち、むしゃぶりつかずにはいられなかった。

「んんぅぅ……本当にオッパイが好きなのね……」

「こんな素敵なもの、嫌いな男なんていませんよ……」

「うふふ、確かにあの人も、オッパイだけは無心になってしゃぶるんですよ」

愛し合いの最中に他の男を持ち出され、激しい嫉妬心に苛まれる雄輔。

こんなにも思っているのに自分がパートナーではないという苛立ち。もし自分なら麻友子の欲求にいつだって付き合うのにと。

「昨日ここでご主人としたんですよね。どんなふうにしたんですか？」

「興味あるの？」

悪戯っ子のような笑みを浮かべ、麻友子は言葉を続ける。

「まずは舌を絡めながらキスをして、それから胸を鷲づかまれるの。今、雄輔さんがしているように乳首をしゃぶられたのよ」

この胸を自分以外の男が好きにしたという事実が許せなくて、話に耳を傾けながら負けじと舌で先端を転がし続ける。

執拗なまでの攻めに、麻友子はくすぐったそうに身をよじり、甘い吐息を零す。

「それからあの人のチンポを立たせるために、丹念にフェラチオをしながら、自分でオマンコをいじって……んぅぅ……」

「こんなに魅力的な身体なのに、フェラをしないと立たないなんて考えられない……俺なんか想像しただけですぐぎんぎんに勃起するのに」

「うふふ、そう言ってもらえると嬉しいわ……あの人もそれくらい精力的ならいいのに」

「そ、それでその後は？」

「口にコンドームをくわえてチンポに着けてあげるの……後ろから挿入されて……そのまま終わりよ」

「避妊してるんですか？」

「この前も言ったとおり、子供はいらないという考えの人なの……だから安全日でも必ずゴムをするのよ」

「もしかして、一度も生でしたことないんですか？」

「ないわね……いくら夫婦なんだからしなくていいと言っても、頑固な人だから……」

麻友子の言葉にゴクリとツバを飲み込む。

「ちなみに今日は……危険な日ですか？」

なにを言いたいのか察したらしい麻友子は、期待どおりの答えを返す。

「いいえ、だから遠慮なく私の中を満たしてね」

期待に満ちた瞳の熱に煽られ、雄輔は彼女をベッドに押し倒すと足を開き、股間へと顔を近づける。

手入れがされているのかあまり毛深くはなく、秘部は一本の深い溝のように綺麗に閉ざされていた。

生まれて初めて見る生のオマンコに、軽い感動を覚え思わず見とれてしまう。

いったい今まで何人の男がこの光景を見てきたのだろうと思うと嫉妬心が湧いてくるが、今これを独占しているのは自分だと思うと、嬉しくもある。

神々しいまでの光景に圧倒されながらも、恐る恐るさらに顔を近づけていく。

微かに漂うアンモニア臭とメス特有の香りが混じり合い、鼻腔を通って脳を刺激する。

「んぅぅ……息がくすぐったい……」

「すみません。それと……開いてみてもいいですか？」

「ええ……好きにしていい約束だもの」

お許しを貰い秘部の両サイドに指を置き、ゆっくりと左右に広げていく。

美しいサーモンピンクの肉壁が姿を現し、ドロッとした愛液が溢れ出した。

「これがオマンコ……綺麗だ、そしてなんてエロいんだ……」

「あまり見ないで……恥ずかしいわ……」

「見るなって言われても無理ですよ……何時間だって見ていたいくらいです」

「はぁ……視線を感じるの……恥ずかしいところを見れてるって……」

「本当に女の人ってこんなに濡れるんですね……俺で感じてくれてるんですか？」

「もちろんよ……雄輔さんに見られて、触られたおかげなんだから……」

自分の拙い愛撫で感じてくれているという事実が、かつてないほど自尊心を満たしていく。もっと感じてもらいたい、感じさせたいという思いが雄輔を駆り立てた。

女性経験が皆無とはいえ、さんざんAVを見てきたおかげでなにをすればいいのかは理解していた。

恥ずかしそうに震え続けるオマンコを舌先で突き、ネットリと舐め上げる。

「ふぅぅぅ……ああ……久しぶりの感覚……やっぱり指とは違うわ……はぁぁ……素敵……」

歓喜に震える麻友子。雄輔はペロペロと何度もアイスキャンディーのようにヒダを舐め、とめどなく溢れる愛液をすくい続けた。

「これが麻友子さんのオマンコの味……なんてエッチな味なんだ」

「んぅぅぅ……上手よ……初めてとは思えないくらい……うふふ、エッチの才能ありますよ……ああぁぁぁっ！」

どれだけの時間が過ぎたかわからない。一心不乱な攻めに麻友子は何度も軽くイキ続け、滴る愛液と唾液がシーツにいくつもの染みを作り出していた。

「もうきて……その逞しいチンポで人妻オマンコを犯して……」

言われずとも、早く入れたい、子宮を精液で満たしたいと気持ちが逸る。

下着を脱がせる時間すら煩わしいと、雄輔は力任せにストッキングを裂き、パンツをずらす。

「うふふ、男らしいのね。きっとこれから壊れるくらいいっぱい、この童貞オチンチンでマンコを突かれるのね……」

期待に満ちた眼差しで、麻友子は秘部に擦りつけたペニスを見つめていた。

「やっぱり、主人のとはぜんぜん違う……とっても太くて硬いわ……」

そのペニスで小さな入り口をこじ開け、奥を目指して膣を抉るようにねじ込んだ。

「くぅぅぅ……なんだこれ……ヌルヌルしてて温かで……そして締まる……」

初めて味わうオマンコの感触に身も心も震わせて、本能の赴くままに突き込んでいく。

「はぁぁ……奥に当たってるのを感じる……うふふ、童貞卒業おめでとう。初めてのオマンコの味はどう？」

「気持ちいいなんてもんじゃないです……少しでも動いたらすぐにイキそうです……」

「何度でも出して……今日は雄輔さん専用のオマンコなんだから」

「俺専用の……」

他の誰でもない、自分だけが自由にできる気持ちよすぎる穴。

例え人妻であろうとも今は関係ない。むしろ夫としての勤めを果たさない奴の代わりに面倒をみてやると、いきなり全力で腰を振る。

竿を撫でつける膣肉の感触、かき混ぜられ音を立て続ける愛液、白い肌に薄らと浮かぶ汗、そのすべてが雄輔を一匹の動物へと変えていく。

「あっあっ……んぅぅ……激しい……これ……これがずっと欲しかったの……素敵……ああぁぁぁあっ……」

「俺のチンポは、そんなに気持ちいいですか？」

「いいの……好き大好き……生チンポ大好き……ずっとこのままハメ続けられたい……」

淫らな言葉を口にしながら、嫌々するように何度も頭を振る。

こみ上げる愛しさと独占欲に背中を押され、雄輔は唇を重ね舌を差し込み口内を犯す。

絡み合う舌と舌、ペニスを離すまいと締めつけを増していく膣。これまでの人生観が一変するような刺激に、子宮口を執拗にノックする。

「麻友子さんじゃないけど、これからは俺がいつでも相手をします。もう二度と欲求不満なんかにさせません」

「嬉しい……このチンポをいつでも味わえるなんて……」

「それで……入れたばかりでなんですが……出そうです……」

「きて……そのまま……セフレの契約代わりに……私のオマンコを精液で満たして……」

急速に膨らんでいく抗いようのない射精感。麻友子の一番奥深いところで果てるため、腰の回転を速めていく。

射精を後押しするように、膣口がぎゅぎゅっと肉茎の根元を締めた。絡みつくヒダを強引に引き剥がし、子宮口と思われる突起に亀頭を押しつける。

これまでに感じてきたなかで一番の痺れが全身を襲った瞬間、最高まで煮詰まった精液が膣内を白濁色に塗り潰した。

「うっ……ああっ‼」

「あ、熱いのがきて……私もイクぅぅぅぅぅ……！」

ビクンビクンと肢体を震わせるふたり。

旦那を差し置いて、麻友子への生中出しを達成した喜びに雄輔は歓喜した。

もっともっと、この気持ちいいオマンコを犯したい。子宮に射精したい。

限界まで射精したにも関わらず、ペニスを抜かずにそのまま二回戦目へと突入する。

「あっ……んんぅぅぅ……雄輔さん……‼」

「今日はこのまま、気を失うまで犯しますから」

「あっ……うふふ、それはとても楽しみだわ」

幸せすぎる秘密の関係

「おいおい、どうしちゃったんだよ。まるで別人のように絶好調じゃねえか」

仕事が一区切りつき、伸びをうっていると作倉が話しかけてきた。

雄輔は首を回し、こりをほぐしながらふふんと鼻で笑う。

「俺が本気を出せば、ざっとこんなもんだよ」

童貞を卒業したあの日から、麻友子とのセフレ関係が続いていた。

性欲を持て余した人妻と血気盛んな青年の相性は恐ろしいほどにハマり、生理期間を除けばこの三ヶ月ずっと、週の半分は関係を結んでいた。

もはや人妻と関係を結ぶことに対する後ろめたさはなく、お互いに大人の関係として割り切り楽しむ日々。

とはいえ彼女への思いは膨らむばかりで、できることならそれ以上の関係になりたいと思わずにはいられない。

だがそんなことをうっかり口にしようものなら、ふたりの時間が終わりを迎えてしまうではと思うと、おくびにも出さないよう心掛けていた。

とにかく雄輔の生活は潤いに満ちていた。私生活が充実すると自然と仕事に励む意欲も湧き、こうして話題に上るような結果へと繋がった。

すべてが良い方向に回り、上司からも褒められるほど乗りに乗っている。

「前はどこか自信なさげだったのに、その余裕はどこからきてるんだ？　まさか……女ができたのか？」

鋭い指摘にドキリとするが、相手が人妻である以上、公言することはできない。勘のいい作倉が相手なら、思わぬ失言がどう転ぶかわかったものではない。

「だったらいいのにな。あ〜あ、どこかに可愛い女の子落ちてねーかなぁ」

「案外落ちてるんじゃないか？　ただ、お前が気付いてないだけで」

予想外な返しに雄輔は苦笑する。

「ないない、もしそんな素敵なもの落ちてたら全力で拾いに行くって」

その返事になぜか呆れ顔で肩をすくめる作倉だったが、思い出したように机の上に置かれた封書を差し出してきた。

「悪い、これ経理に持っていってくれないか？　課長に頼まれてたのすっかり忘れてたわ。ちょっといま手が放せないから頼む、このとおり！」

無駄話をしてる暇があるなら行けるだろうとも思ったが、気分転換にいいかと頷く。

「仕方がないな、引き受けてやろう」

「おー、さすが仕事のできる男は違うねぇ～、なんなら長居してきてもいいからな」

「なんで経理で長居しなきゃいけないんだよ？　じゃあ、ちょっと言ってくる」

おちゃらける作倉から封書を受け取り席を立つ。

雄輔が部屋から出て行く姿に、作倉がニヤリと笑みを浮かべる。

ＰＣに向き直ると、メッセージを打ち込み送信ボタンをクリックしたのだった。


「経理に行くの、いつぶりだ？」

エレベータから降りるのと同時に、誰に言うわけでもなくつぶやく。

雄輔が所属する部署からは、一つ上のフロアにある経理部。

下階へ行くことはあっても、上階に来ることが滅多にないため、どこか新鮮な気分に浸りながら歩いていると、経理部のプレートが見えてきた。

扉の前に立ち、誰に見られているわけでもないのに姿勢を正し、ノックをしてから中へと入る。

同じ社内であっても、女性のみの部署は空気が違うなと室内を見回し再び姿勢を正す。

「あの～、この書類を持ってきたんですが、どなたに提出すればいいですか？」

遠慮がちに声をかけると、ひとりの女性がキーボードを打つ手を止め立ち上がった。

「お、お待ちしてました、わ、私が対応させていただきます」

なぜか緊張した面持ちで封書を受け取り、中身を検めだす。

「もしかして、急ぎの書類でしたか？」

雄輔の問いに彼女は慌てて胸の前で手を振る。

「いいえ、そういうわけでは……少々お待ちください」

なぜかほのかに頬を染め、書類を見直している。

手持ち無沙汰から雄輔は、真剣な眼差しで書類をチェックする彼女に目を向ける。

年齢は同じか少し下くらいだろうか、どこか幼さを残した整った顔立ちの美人だ。

腰まで伸びた髪の毛は艶やかな黒髪で、背はあまり高くないが、手足が細く長いせいか低いようにも見えない。

小顔なのでモデルでも通じそうなほど頭身は高く、全体的に細身で、服の上からでもわかるほど腰はくびれていた。

しかしただ細いだけではない。麻友子ほどではないが標準以上に実った二つの膨らみに嫌でも目がいってしまう。

麻友子が隠しきれない色香を感じる大人の女だとするなら、彼女は清楚で汚れを知らないお嬢様といったイメージだろう。

この清らかな彼女を調教して、自分色に染めてみたいなどという妄想が一瞬脳裏をよぎるが頭を振って追い払う。

するとく微かに香る花の匂いが鼻腔をくすぐり、一服の清涼剤を嗅いだ気分に浸ってしまう。彼女の香りだろうか。

「少し確認に時間がかかるので、こちらでお待ちいただけますか？」

存分に香りを楽しんでいる最中に声をかけられ、ビクッとしてしまう。

そんな雄輔を不思議に思ったのか小首を傾げ視線を送ってくる。

だが、目が合うなり彼女は慌てて、また視線をそらす。

促されるままに来客用のソファーに腰を下ろすと、そんな彼女は、書類を持って奥へと消えていく。話し相手もいなくなり、再び訪れる空白の時間をどうしたもんのかとうなだれていると、目の前に湯気が立ち上る湯飲みが置かれた。

「今、上司が確認中です。お忙しいところお時間を取らせてしまいすみません……」

先ほどの女性が申し訳なさそうに頭を下げ、雄輔は慌てて立ち上がった。

「いえいえ、君のせいじゃないし……。俺は大丈夫だから気にしないで、頭を上げてくれないかな？　同じ社内じゃないか」

雄輔の言葉に彼女は顔を上げる。その表情はホッとしたような恥じらっているかのような不思議なものだった。

「申し遅れました。宮脇（みやわき）と申します」

思い出したように名刺を差し出す彼女。

まさかこのタイミングで名刺を出されるとは思っていなかった雄輔は、スーツのポケットから慌てて名刺ケースを取り出し、一枚差し出す。

「こちらこそ申し遅れました。木村と申します」

「はい、存じています」

「え？　前にご挨拶しましたっけ？」

思いがけない言葉に聞き返すと彼女——宮脇さんはハッと手で口を覆い、上目遣いで見つめてくる。

その仕草がとても可愛らしくて思わずときめいてしまう。

「覚えて……ませんよね？」

恐る恐る聞いてくる彼女に、申し訳ないと思いながら軽く頭を下げる。

「すみません。どこで——」

「お待たせしてごめんなさい、問題はないようなのでこの封書を課長に渡してください」

言いかけたところで、彼女の上司と思われる年配の女性が現れ、言葉を飲み込んだ。

スッキリしない部分はあるが長居するわけにもいかず、差し出された新たな封書を受け取ると、そのまま経理部を後にした。

廊下に出てから、改めて貰った名刺に目を落とす。

「宮脇結衣さんか……あんな綺麗な子、一度会ったら忘れないと思うんだけどな」

どれだけ考えてみても思い出すことができず、ん～と唸りながらエレベーターに乗った。


「どうだった？」

席に着くなり話しかけてくる作倉に、雄輔は経理部から預かった封書を差し出す。

「これ、課長に提出しとけよ。どうだったもなにも、なんの問題もなかったって」

「そういうことじゃなくてだ……綺麗な子いなかったか？」

「あー……いたな、あんな子うちの会社にいたんだな」

封書を受け取ると、作倉は椅子に座ったまま距離を縮めてきた。

「宮脇結衣、二十四歳、うちの会社でも五本の指には入る美人だぞ」

「お前ってそういうこと詳しいな、ギャルゲーの親友キャラかよ？」

「なんだ、そのギャルゲーの親友キャラって？」

「ゲームの中にはよくいるんだよ。人生を女の子のデーター収集に捧げてる野郎キャラが。女の子の氏名年齢血液型、スリーサイズや趣味特技、さらにはスリーサイズまで網羅していて、おまけに主人公のことをどう思っているか、リアルタイムで把握してるんだよ」

「それただのストーカーかヤバイヤツじゃん」

「それな。で、なに？　もしかして彼女のことを狙ってるのか？」

「俺は、一応彼女がいるんだが?」

「一応って時点で怪しいもんだ」

向けられたジト目に、作倉は肩をすくめる。

「確かに結衣ちゃんは魅力的だけど、誓って手を出そうなんて思ってないから安心しろ」

なにを安心する必要があるんだ? と考えている間も言葉は続く。

「結衣ちゃん、あれ絶対処女だぜ、いまどき貴重だよな」

「憶測で物事を言うなよ。経験は少ないかもしれないけど、あれだけの美人なんだから男が放っておくわけないだろ?」

「いいや、俺にはわかるんだなこれが。あれは絶対処女だ!」

「どこからその自信が湧いてくるんだか」

「それはそうと、今日飲みに行かないか?」

「あー、今日は先約があるからパスな」

「またかよ。最近付き合い悪いな、お前」

「また今度な今度」

適当にあしらい、もう話はお終いだとばかりに、雄輔は仕事を始めるポーズをとる。

それ以上は無理も言わず、自分の席に戻っていく作倉の気配を感じながら、胸を撫で下ろす。

先約があるというのは嘘だった。真実は、一秒でも早く家に帰りたいだけだ。今は少しでも多くの時間を最愛の人と過ごしたい、そう思っていた。


そして週末。

これまでの雄輔には、部屋に引きこもりダラダラと過ごすだけの一日でしかなかった。昼過ぎにのそっと布団から這いだし、前日コンビニで購入したカップラーメンとスナック菓子を貪りつつアニメやゲームに興じる。ある意味では楽で理想的な過ごし方ではあるが、充実していると感じたことはなかった。

気付いたら日は落ち、今日も一日終わったなーと無気力に布団に潜り込む。特に不満はないが満足することもけしてない、それが雄輔にとっての週末だった。

だが、これまでずっと変わることのなかったそれが、異性の登場でガラリと変わる。

今は、かいがいしく部屋を掃除してくれている麻友子を、雄輔はソファーに寝ころびながら締まりのない顔で見守っていた。

ふたりの関係はあくまでセフレであるが、世間一般で言うセフレとは大きく異なる。お互いの部屋を自由に行き来するだけではなく、麻友子は料理に掃除にと、家事のすべてを面倒みてくれていた。

最初の頃は申し訳ないと遠慮もしていたが、家事が好きだからやらせてほしいとお願いされては断るわけにもいかない。

美味しい手料理を味わえる上に部屋は綺麗に整理され、しっかりアイロンのかけられたシャツを着て仕事に望める。これ以上の贅沢はない。

名目上はセフレだが、実質は夫婦みたいだと内心喜んでいた。そのとき――。

「これは、も、もしかして……」

緊張した声に何事かと顔を上げた雄輔の目に飛び込んできた光景。

手に持った箱を興味深く見つめる麻友子の姿に、慌てて駆け寄る。

「ま、麻友子さん、そ、それは……え～と……」

「これエロゲですよね⁉」

瞳を輝かせ顔を近づける麻友子。吐息を感じられるほどの超接近に仰け反りそうになる。

「もしかして、エロゲにも興味があるんですか？」

狼狽えつつも聞き返すと、激しく首を縦に振りさらに距離を詰めてくる。

「お、女の人でも、エロゲに興味あるもんなんですね」

「今期放送してるリスタートって、元々エロゲですよね？　ストーリーもキャラも魅力的ですから！」

「あー、そうか……エロゲ原作のアニメは珍しくないのか」

一瞬納得するもすぐに思い直す。

確かに近年ゲーム原作のＴＶアニメは珍しくない、家庭用ゲーム機への移植だって、昔からされている。オリジナルがエロだと知らずプレイしている人間も少なくはないだろう。だがそれらは萌ゲーや泣きゲーとか言われる、一般層も入りやすいソフトなジャンルのものだ。

いっぽう、麻友子がいま手にしているのはガチの抜きゲーであり、あまり女性にお勧めできるものではない。

などという心配をよそに、パッケージを熱心に見つめていた。

「人妻陵辱倶楽部ですか、そういえば前に買ってきたＡＶも人妻モノでしたよね。雄輔さんは人妻が好きなんですね」

別にそういうわけではないと言い訳しようとも考えたが、恥ずかしさから咄嗟に言葉が出てこない。

リアクションに困り固まる雄輔を尻目に、パッケージの裏に載ったゲーム画面を嬉しそうに見ている。

「男性向けのエロゲって、どれくらいエッチなんですか？」

「どれくらいって言われても……ずいぶん食いついてきますね」

「昔から興味があって。でもうちには私が使えるパソコンはないので、一度も触れたことがないんですよ」

「そこまで……」

「別におかしなことではないと思いますよ？　女にだって性欲はあるんですから、実際私はプレイしたことありませんけど、十八禁の乙女ゲーだってありますし」

「え～と、じゃあ、少し遊んでみますか？」

雄輔の提案に麻友子は手を叩き、ひときわ瞳を輝かせる。

「いいんですか、是非！」

やる気満々の姿に微笑ましさを覚えつつ、ＰＣを起動してアイコンをクリックすると席を譲る。

「どうぞ、存分に楽しんでください」

「はい！　うふふ、楽しみです」

モニタを見つめたまま頷く麻友子は、よし、と小さく気合いを入れてゲームを始めた。

そんな姿を後ろから見守る。人がエロゲをしている姿を観賞することに多少の違和感を覚えつつも、どんなプレイをするのか興味も湧いてきた。

「選択肢ですね……え～と……こっちかな」

少し考えてからそのひとつをクリックし、物語を進めていく。『人妻陵辱倶楽部』はユーザーの行動によってエンディングが異なるマルチストーリーで、選択次第で見られるエッチシーンも大幅に変わってくる。

ある意味どの選択をするかによって、その人の性格が表れると言ってもいい。

最初は気にも止めなかった雄輔だったが、選ばれていくのがどれも際どいものだかりということに気付く。

当然イベントはどれもハードで激しいものばかり、しかし引くどころか嬉々として表示されるテキストを熱心に読んでいる。

この三ヶ月でわかったことだが、麻友子は相当エロイ。セックスに対する興味が高く性欲も強い。セックスレスの夫婦生活にとても耐えられるはずがないと思えた。

そのおかげでセフレになれたのだから文句はないが、同時にこうも思ってしまう。

——もしかしてもっと激しいプレイを望んでいるのではないか？

今モニターの中で人妻がされているような、背徳感に浸りたいのではないかという疑問が頭を横切る。麻友子の望むことは極力叶えてあげたい、もし彼女からおねだりされることがあったら、そのときはハードなプレイにも付き合おうと心に誓う。

それにしても、人妻が抜きゲーをする様子は形容しがたいエロさがあるようで、気付けば雄輔は勃起してしまっていた。

このまま衝動に任せ押し倒したとしても、麻友子なら抵抗することなく、むしろ喜んで受け入れてくれるだろう。

膨れあがる劣情に背中を押されゆっくりと腕を伸ばす。あともう少しで肩に触れるというところで、麻友子が不意に振り向いた。

驚きと後ろめたさからビクッと固まる雄輔だが、麻友子は気にする素振りも見せない。

「男の人ってやっぱりオッパイ好きですよね。このゲームに出てくるキャラ、全員巨乳じゃないですか」

「え？　あーいや……人によるんじゃないですかね。小さい胸が好きってヤツもいますし。まあ、オッパイが嫌いな男はいないと思いますけど」

「雄輔さんは、大きいほうが好きですよね？」

「えーと……まあ、そうですね……はい」

いまさら否定しても意味はないと素直に頷くと、うふふと服の上から自らの胸をひと撫でする。薄らと潤んだ瞳、唇からわずかに覗いた舌。

肢体をよじらせるその姿は艶めかしい。

にじり寄ってくる麻友子を、雄輔は魅入られたようにただ見つめていた。

「どうですか、気持ちいいですか？」

「もちろんです……半端なく気持ちいい……はぁぁ……」

ペニスを挟み込む乳房の圧力に、ヨダレが出そうなほど身悶える。

血管が浮かび上がるほど膨張した竿を優しく撫でるスベスベした柔肌。圧倒的なボリュームが雄輔を攻め立てる。

「くぅぅ……はぁぁ……なんていいオッパイなんだ……」

「雄輔さんのチンポも素敵ですよ……大きくて硬くてカリ高で逞しい……なにより性欲に忠実でゾクゾクする……うふふ……ただパイずりしているだけなのに、オマンコも濡れ濡れですよ」

卑猥な言葉を吐き、ゆさゆさと乳房を上下に動かしペニスを刺激する。白い肌は桜色に染まり汗が浮かび出す。

ぷっくりと突起した色素の薄い乳首の先から滲み出す母乳を、雄輔は指ですくい舌先で舐めとる。

「何度見ても不思議ですね。妊娠もしていないのに母乳が出るなんて」

「おかげで、たまに胸が張って痛いくらい」

「そういうとき、どうするんですか？」

「自分で揉んで出しているわ」

「もったいない……言ってくれれば飲みに来るのに」

「うふふ、それじゃ今度からお願いしようかしら」

「喜んで」

大きく頷く姿に再び麻友子は笑い、左右から手で胸を中央へと押し寄せる。激しさを増す圧力に雄輔は、更なる快楽を求め無意識に腰を振り出す。溢れ続ける母乳は筋を作りながら谷間へと落ち、潤滑油となってペニスを送り出す。

「はぁはぁ……んんぅ……そんなに一生懸命腰を振って、可愛い……」

「男に可愛いは褒め言葉にはなりませんよ……くぅぅ……」

「うふふ……だけど可愛いって思っちゃう。その必死なところや感じてる顔。それに甘い声や固くなっていくチンポ、全部が可愛いわ」

「他はいいとしてチンポが可愛いって……」

「可愛いわよ。食べちゃいたいくらい……うふふ、実際オマンコでいつも美味しくいただいてるけど」

ネットリとした笑みを浮かべる麻友子に、思わず苦笑してしまう。

「前から思ってたけど、麻友子さんて普段とエッチのときで、全然違いますよね」

一瞬考える素振りを見せ、麻友子は小首を傾げる。

「そうかしら？」

「雰囲気だけじゃなくて喋り方とかも違うっていうか……普段はおっとりしたお姉さんって感じだけど、エッチのときは積極的でお姉様って感じかな？」

「エッチな女は嫌い？」

「いいえ、むしろ大好きです」

「なら問題ないわね。せっかくのセフレなんだもの、目いっぱい楽しまなきゃもったいないわ」

「ですね」

嬲るようにペニスをしごき続ける麻友子に微笑み、後ろ手で彼女の足の間に指を忍ばせ股間に触れた。

「んぅぅぅ……はぁぁぁ……!!」

甘い声を上げ、くすぐったそうに足をモジモジさせる姿に気をよくして、割れ目に沿って指を這わせる。

「本当だ。もうこんなに濡れてる……そんなに俺のチンポが好きですか?」

「ええ、とっても。だからセフレになったんじゃない」

「チンポじゃなくて、俺——」

俺自身のことをどう思っているのかと言葉を続けようとして、飲み込む。

セフレである以上必要なのは身体の相性だけ、踏み込んだことはルール違反になりかねない。将来的にはもう少し蜜な関係になれたらと思うが、焦りは禁物と自制した。

「……なに?」

「いいえ、なんでも……それより今は楽しみましょう」

話を打ち切り腰の回転を上げていく、それに連動するように、割れ目を撫でていた指を膣の中へと差し込んでいく。

「はぁぁ……入ってきた……気持ちいい……男の人の指って太くて筋張ってて……いいところに当たるのよね……んんぅぅ……感じさせてくたお礼をしないとね」

腰の動きに合わせ大きく胸をグラインドさせていく。大きな乳房が動く様子は圧巻で、ただそれだけで劣情をかき立てる。

締めつける膣を押し広げ奥へと指を差し込むと、麻友子の感じるポイントを重点的に刺激する。

別の生き物のようにうねる肉壁が指を包み込み、奥から溢れ続ける愛液が音を立て耳を楽しませる。

「んぅぅ……いいわ……ほんの少し前まで童貞だったのが嘘みたいね……もう、雄輔さんより私の身体のことを知ってる人はいないわ」

「これも日々のたゆまぬご指導のおかげですよ」

くすりと笑い、クリトリスを撫で上げる。艶めかしい肢体が弓反りにしなり、まるでお漏らしでもしたかのように愛液が溢れ出す。旦那でさえ、こんなエロい反応は知らないのだと思うと燃えてくる。

それでもまだ、セックスで主導権を雄輔が握ることはない。

どれだけ激しく攻めようとも、麻友子が与えてくれる快楽にいずれは飲み込まれてしまう。雄輔が麻友子の弱いところを理解している以上に、麻友子は雄輔の弱点を知り尽くしていた。

母乳まみれのペニスを絞り上げるように圧力を増し続ける乳房。その大きさを最大限に活用して、亀頭の先から根元まで同時に刺激する。

下半身を中心に広がっていく独特の感覚で、ペニスはさらに固さを増し頭の中に白い靄がかかっていく。急速に膨れ上がっていく肉茎から射精の予兆を感じ取った麻友子は、雄輔をイカせようとなおも執拗に攻めてくる。

躍動するふたりの呼吸、理性は本能によって塗り潰され、動物のような声を上げる。

そして頭の中が真っ白に染まりきった瞬間、震える亀頭から大量の精液が飛び出した。

「うあっ……‼」

「うふふ、昨日あれだけしたのに、もうこんなに出るなんて……」

飛び散っ精液を美味しそうに舐めながら、艶やかさを増した瞳で覗き込む。

「私はまだイッてないわよ。さあ、今度は私をイカせて……このガチガチのチンポでオマンコ、バカになるまでかき混ぜて」

麻友子の魅力に抗うことなどできない。尽きることのない劣情を満たすため、ふたりは何度も愛し合った。

「えっ、いいんですか？」

食後のコーヒーを煎れながら聞く麻友子に、雄輔は頷く。

「ええ、使ってないノートパソコンがあるんで、それとセットでお貸ししますよ」

思いの外エロゲにハマった麻友子に、腰を据えてプレイしてもらいたいと提案する。

自分の好きなものを好きと言ってもらえる喜びは純粋に嬉しく、ゲームについても語り合いたいと思えた。

エロゲについて語り合うのもどうかと微かに思いはするが、きっと麻友子なら気にしないだろう。そんな期待を裏切ることなく、麻友子は嬉しそうに微笑む。

「ありがとうございます。全ルートコンプリートしますね！」

共通の話題で盛り上がれる異性。今まで雄輔の周りにはいなかった存在。

ただ単にセックスができるからだけではなく、何気ない会話の積み重ねや、同じ時間を共有することのできる幸せを噛みしめずにはいられない。

「話は変わりますけど、麻友子さんは別に持ち家があるんですよね？　家賃の支払いとか、無駄じゃないですか？」

「もしかして、ここを引き払って家へ戻れと言うんですか？」

「へ？　いやいやいや！　そんなこと！　むしろいつまでもここにいてもらいたいくらい

です！ いや、マジで！」

「くすっ、冗談ですよ」

小さく舌を出す麻友子の姿にホッと胸を撫で下ろす。

「確かに本来払わなくてもいいお金を払ってるわけですから無駄遣いですね。だけどそれでもあの広い家にひとりは、どうしても耐えられなくて……主人もそういうことならと快く承諾してくれたんです」

「どれだけ広いんですか？ そもそもそんな大きな家を持っていて、さらには家賃を捻出できるあたり、ご主人ってとんでもない資産家か高給取りのどっちかですか？」

「ごく普通の外資系企業勤めなだけですよ。収入はそれなりだと思いますけど」

「どう考えても俺よりはるかに稼いでます……」

「だとしても、いて欲しいときに隣りにいてくれないんじゃ……」

一瞬影を落とす表情を雄輔は見逃さなかった。チクリと胸が痛むのを感じながら努めて明るく振る舞う。

「俺がいるじゃないですか、ご主人の代わりになるなんて図々しいことは言えないけど、必要なときはいつでも遠慮なく頼ってください」

「本当に優しいんですね。こんなに素敵な男性なのに、女の子と付き合ったことがないなんて不思議です。どう考えてもモテそうなのに」

「そんな風に言ってくれるのは、麻友子さんだけですって。昔から悲しいくらい、モテませんよ」

「好意を抱いてくれている子がいるのに、気付いていないだけなんじゃないですか？」

「なんか同僚にも似たようなこと言われましたけど、そんなことないですって」

「わかりませんよ。雄輔さんって案外抜けているところあるから」

「え？　俺って抜けてます？　そんなふうに見てたんですか？」

慌てる雄輔に麻友子は優しく微笑む。

「そこがまた可愛いんですよ」

「えー、フォローになってませんよ」

苦笑はしたが、雄輔にはそんなやりとりも楽しかった。


いつものように電車に揺られること数十分、ようやく降り立ったホームで雄輔は深く息を吐く。

ほぼ毎日のこととはいえ、通勤ラッシュに馴れることはない。ある意味働く前が一番体力を使うという理不尽にゲンナリしてしまう。

重い足取りで会社へと歩き出すと、視界に入った人影に無意識に歩み寄っていた。

「おはようございます」

声をかけられ、結衣が振り向く。呼び止めた雄輔の顔を見るなり、頬を真っ赤にし慌ててお辞儀をする。

「え？　き、木村さんっ!?　あっ……お、おはようございます」

愛らしい仕草に、先ほどまで感じていた億劫な気持ちは消えていた。

「同じ電車だったんですね。いつもこの時間なんですか？」

「は、はい、乗る車両も……いつも同じです」

「そうなんですね。俺は車両までは決めてないかな。その日一番並んでないところに乗る感じで……だけど、宮脇さんがいるなら、俺も明日からその車両にしようかな」

「えっ……？」

小さな身体をビクッと震わせ、ただでさえ真っ赤だった顔をますます赤くする。

「なんて、親しい仲でもないのになに言ってるんだ俺。気持ち悪いこと言ってしまって、すみません」

「いいえ！　気持ち悪くなんてありません！　絶対に絶対にありません！」

必死に否定する姿に自然と口元が綻んでいた。

「あはは、ありがとう。それじゃ会社までご一緒しても？」

「はい、もちろん喜んで」

大きく頷く結衣の隣に立ち歩き出す。

思えばこれまでの人生で、女の子と並んで登校や出社したことなどない。

女の子が嫌いなわけではないが、どこか苦手意識を持っていた。

モテない自分はきっと、女の子の目には魅力のない存在に映っているに違いない、という思いが無意識に守りに入らせ積極性を奪っていた。

だが麻友子との付き合いを通じて、いつしか長年に抱き続けてきた劣等感は消え、本来の姿が表に出てきたのかもしれない。

少し前までなら、一度挨拶を交わした程度の異性に声をかけることなどあり得なかっただろう。しかし今では、自分でも驚くほど積極的になることができた。

「宮脇さんって、お住まいはどこなんですか?」

「吉祥寺です」

「おー、いいところに住んでますね。やっぱり住みたい街ランキングの上位常連だけあって住みやすいですか?」

「そうですね。緑も多いし、お店もたくさんあるので不自由を感じたことはありません。欲を言うなら、人が多すぎて歩くのが大変ということくらいですね」

「だけどあの辺て、家賃高くないですか?」

「実家暮らしなので……お恥ずかしいです」

「どうして恥ずかしがる必要があるんです?」

「社会人にもなって親と同居だなんて、自立できていないみたいで……」

「え？　いいじゃないですか実家暮らし。俺も実家がこっちだったら間違いなくそうしますよ？　生活費を入れたとしても、ひとり暮らしにかかる家賃や食費、光熱費より絶対に安くすむはずだし、なにより黙っていても飯が出て洗濯までしてもらえる夢のような生活じゃないですか！」

「ご実家は、どちらなんですか？」

最初は緊張していた結衣からも、いつしか硬さが消えて自然と会話が弾みだす。

いつもは駅から遠いと感じていた職場も、その日はやけに近く感じられた。


「見たぞ、やるじゃないか」

席ついたところで、ちょうど出社してきた作倉が声をかけてくる。

「見たってなにをだよ？」

「経理の宮脇ちゃんとの同伴出勤に決まってんだろ」

にやける作倉を呆れ顔で一瞥し、ＰＣの電源を入れる。

「いやらし言い方をするな、たまたま駅で一緒になっただけだよ」

アホらしいという態度に怯むことなく、なおも食い下がってくる。

「だけど驚いたぞ、いつの間に彼女とあんなに仲良くなったんだ？　聞いてないぞ」

「なぜいちいち報告する必要があるんだ？」

「俺とお前の仲じゃないか、つれないこと言うなよ」

答えない限り絡まれそうだと、本日二度目の深い溜息が口をつく。

「いつの間にもなにも、この前お前に代わって経理に行ったのを合わせて、会うのは今回で二回目だよ」

「え、マジで？　間違いじゃなかったか……」

「なんだよ間違いって？」

「まあまあ、細かいことは気にすんなって！」

どこかすっとぼけた態度で肩を揉み、作倉はわざとらしく咳払いをする。

「でもどうしたんだよ。恋愛ごとに奥手なお前が、会って二回目の女の子に声をかけるなんて。お前、本物の木村だよな？」

「偽者でたまるか」

肩に置かれた腕を振り払い呆れ顔を見せる雄輔だったが、すぐに小さく唸り出す。

「確かにいつもだったら絶対にしないよな、俺らしくないと言えばらしくないか」

「だろ？　いったいぜんたい、どういう風の吹き回しだよ？」

「さあな、気付いたときには声をかけてたからな」

「それって彼女が声をかけやすい雰囲気をまとってるとか、そういう感じか？」

「ん～、どうだろうな……少なくとも他の女の子よりはそういうのあるかもな」

自分に言い聞かせるように頷く雄輔に、ニヤリとほくそ笑む。

「ぶっちゃけ、宮脇ちゃんのことどう思うよ？」

「どうってなんだよ。会ってまだ二回の相手なんだ、わかるわけないだろ？」

「いやいやいや、そこまで深いのじゃなくていいんだって、綺麗だな～、好みだな～、もっと仲良くなりたいな～とか」

「思ってどうにかなるのかよ？　まあ、綺麗なのは間違いないし雰囲気もいいよな。俺の話に耳を傾けてちゃんと聞いてくれるし、なにより照れた感じに笑うのが可愛いよな」

「ＯＫＯＫ！　で、話は変わるんだが今日飲みに行かないか？」

「本当に、脈絡もなく急に変えたな……」

正直面倒くさそうだとも思ったが、ここ数回誘いを断っていることもあり、多少の罪悪感が雄輔を頷かせた。

「わかったよ。泣かれても困るし、たまには付き合ってやるよ」

「ずいぶん上から言ってくれるじゃねえか。んじゃ、そういうことでよろしくな」

自分の席に戻る作倉を見送り、雄輔はスマホを取り出した。

今晩飲みに行くことを麻友子に知らせておかなければ、夕飯の支度をひとり分余計にさせてしまう。彼女の手料理を一食分逃してしまうのは非常に惜しいが、仕方がないとメッセージを打ち込み送信した。

「なあ、行かないのか？」

何事もなく無事一日の業務を終え、約束を果たすべく歩き出そうとしたところで作倉に引き留められ早五分。ぞろぞろと帰路につく同僚たちを玄関ホールに並んで見送っていた。

「まあ待てって、慌てる乞食は貰いが少ないって言うだろ」

「意味がわからん、待機してたら、なにかいいもんでも貰えるのか？」

「ああ、最高に素敵な……って、お姫様が来たぞ」

なんだよと視線を外からビルの中へ移すと、小走りで近づいてくる女性の姿が飛び込んできた。

「お、お待たせしてすみません」

「いいって、宮脇ちゃんが悪いわけじゃないし、ギリギリになって書類整理を押しつける上司が悪い！」

薄らと肌を上気させ、肩を上下させ息を整える結衣の姿に状況が飲み込めない。

「え？　宮脇さん？　え？　え？　ふたりって知り合いなのか？」

戸惑う姿を面白そうに観察する作倉。

「あれ、言ってなかったか？」

てるんですよ」

「酷い目なんてとんでもない、いつも相談にのってもらってるくらいで……お世話になっ

反論しようとする作倉の口を手で塞ぐ雄輔に対して、慌てて両手を胸の前で振る。

「大丈夫？　こいつ女癖最悪なんだけど……酷い目に遭わされてたりしない？」

いつもの調子で突っ込むが、すぐに結衣の存在を思い出し彼女へ向き直る。

「言ってねーよ」

「君のために忠告するけど、相談する相手はもっとしっかり選んだほうがいいよ」

「ざけんな！　ちゃんと真摯な態度で接してるっつーの！」

口を塞いでいた手をふりほどき、詰め寄る作倉。

「はい、本当です」

力強く結衣に頷かれては、それ以上なにも言うことは出来ない。

自分の主張が通った作倉は、これ以上ないドヤ顔だ。

「おかしな誤解も解けたことだし、今日は三人で飲んで笑って親睦を深めるぞ！」

突っ込みたいことは色々あるが、結衣ともっと話をしてみたいと内心思っていた雄輔は、

すべてを飲み込み飲み会を楽しむことにした。

「で、どこにいくんだよ？　宮脇さんがいるんだから、いつもの立ち飲み屋は却下だから

な？」

「決まってんだろ。お前と違ってこっちは女の子の扱いに慣れてるっつーの」

「あ、あの、私はどこでもかまいませんから……おふたりの行きたいところでどうぞ」

「俺の行きたいところは、宮脇ちゃんが喜んでくれる素敵な店だよ」

なんて口の上手い奴だと思いつつ、確かにこいつに任せておけば間違いはないかと口を挟むのを控えてそのまま促す。

「じゃあ、その素敵な店とやらに連れて行ってもらおうか」

「ＯＫ、任せておけって！」

「宮脇さん、今日はよろしくね」

雄輔の言葉に、結衣は大きく頷き返す。

「はい！　こちらこそよろしくお願いします」


小洒落たいかにも女の子受けしそうな店内を見渡し、案内された席へと腰を下ろす。

作倉の隣りに雄輔が座り、その正面に結衣という並び。

「素敵なお店ですね」

同じく店内を見回していた結衣が楽しそうに話題を振ると、作倉がキザったらしくウインクで応える。

「ここの多国籍な創作料理が、けっこういけるんだ。アルコール類も豊富で値段もリーズナブル、我らサラリーマンの味方さ」

「よく来るのか？」

「最近はご無沙汰だけど、前は彼女とよく来てたな」

「いつの彼女だよ？」

「二……三人前かな？　いや、四だったかも？」

「お前、最低だな」

呆れ顔を向ける雄輔だが、なぜか結衣は感心していた。

「作倉さんってモテるんですね」

「そうなのよ。俺ってモテるんですね」

「なに言ってんだよ。ただ女の子にだらしないだけだろ。節操なく次から次へと」

「人聞きが悪いな、どこかに必ずいるはずの運命の相手を捜し続けてるだけだぜ」

「運命の相手を捜したって無駄だってーの。そんなもん、どこにもいないんだからな」

「き、木村さんは……運命の相手なんかいないって……考えてるんですか？」

どこかすがるような眼差しを向ける結衣に違和感を覚えつつ言葉を紡ぐ。

「いや、運命の相手はいると思ってるよ。だけどそれは最初から存在してるんじゃなくて、ふたりで愛を育んだ結果として、その人が運命の相手になるもんだと思ってる」

「わっ、素敵です。そんなふうに考えたことなかったけど、とても素晴らしい考え方だと思います！」

「あ、ありがとう」

興奮気味に雄輔の瞳を覗き込む結衣だったが、すぐに我に返り顔を真っ赤に染め身体を小さくする。

そんな仕草もやけに可愛らしくて、男ふたりは自然と口元を緩めていた。

「まずは飲み物を注文しないとな、とりあえずビールでいいかな？」

テーブルに置かれたメニューに視線を落とし、作倉が言う。

「俺は構わないぞ」

異論はないと頷く雄輔。しかし結衣は、どうしようかなという面持ちでふたりへ視線を向けてきた。

「私、お酒はちょっと……」

「もしかして弱いの？」

雄輔の問いに小さく頷く。

「すぐ顔が真っ赤になってしまって……」

「そっか、それじゃソフトドリンクにしようか、ほら種類も豊富だし」

雄輔に促されメニューに視線を落とす結衣だったが、なにかを考えるような素振りを見せ顔を上げた。

「でもせっかくですから、今日は飲んでみようかな」

「無理しなくていいんだよ？」

フォローを入れる作倉に、彼女は笑顔で応える。

「大丈夫です。まったく飲めないわけじゃないから……飲み過ぎなければ平気です」


二時間後――。

大丈夫と言う言葉も虚しく、すっかり酔いが回ったようだった。

会話が出来る程度には正常だが、千鳥足を通り越し、立ち上がることが出来ない。

「すみません……ご迷惑をおかけしてしまって……」

「迷惑だなんて思ってないよ。それより気持ち悪くない？」

心配して顔を覗き込む雄輔に、結衣は力なく笑う。

「大丈夫です……」

「タクシーが捕まったぞ」

ふたりの元へ戻ってくる作倉。ダウンしている結衣を一瞥し、そのまま視線を雄輔へと向ける。

「この様子じゃなにかと心配だ。お前帰る方向同じなんだから、家まで送り届けろ」

「そんな……悪いです」

申し訳なさそうな結衣に、雄輔は優しく微笑みかける。

「ちっとも悪くないよ。むしろこの時間は電車も混んでるし、相乗りさせて貰えたら助かるんだけど」

「ありがとうございます……やっぱり木村さんは素敵ですね」

足取りのおぼつかない結衣に肩を貸し、慎重にタクシーの後部座席へと座らせる。

華奢な肢体がシートに沈み込むのを確認してから、続いて乗り込もうとしたとき作倉が悪戯っぽく耳打ちしてきた。

「なんなら、連れ込んでみるか？」

「アホか、そんな真似出来るわけないだろ」

「まあ、童貞にそんな度胸はないか」

童貞じゃねーしと反論しそうになるが、どう考えても面倒なことにしかならないと喉まで出かかった言葉を飲み込み、そのまま乗り込む。

前を向いたままの運転手に目的地を告げると、タクシーはゆっくりと動き出す。

「着くまで寝ていていいよ」

「すみません……お言葉に甘えさせてもらいます……」

目を閉じたまま告げる結衣。ほどなくして薄暗い車内に可愛らしい寝息が聞こえだす。

「無理に付き合って飲まなくていいのに……だけど会話が弾んだのも事実だしな、おかげで一気に距離が縮まったような気がする」

窓の外を流れていく景色をしばらく眺めていた雄輔だったが、気付けば美しい寝顔に見入っていた。

アルコールによって桜色に染まった白い肌、微かに振るえる長いまつげにしっとりと潤んだ形のいい唇。呼吸をするたび上下する乳房、そのすべてが魅力的で時間を忘れていた。

いったいどれだけ見つめていたのかわからない。いつしかタクシーは緩やかにブレーキをかけ、目的地へ到着していた。

「宮脇さん、着きましたよ。起きてください」

しかし身体をゆすっても反応がない、ただ寝息を繰り返すのみ。

無理に起こすのも可哀そうだと、運転手にしばらく待つよう指示をし、意を決して結衣を背負う。

耳元で聞こえる熱い吐息、背中に押しつけられた柔らかな膨らみ、服越しに感じる体温にいけないと思いながらも、ときめきながらタクシーから降りる。

井の頭公園のすぐそばに建ち並ぶ住宅街、場所から薄々感ずいていたことではあるが、宮脇の表札が掲げられた家は豪邸と言っても差し支えはなかった。

「立派な家だな……もしかしてお嬢様なのか？」

一瞬気圧されるも、すぐに気を取り直しインターホンを押した。

「はい、どちら様でしょうか？」

インターホン越しに聞こえる女性の声。声の感じから考えて結衣の母親だろう。

知らず知らずのうちに雄輔は姿勢を正し、インターホンのカメラに向かいお辞儀をする。

「夜分遅くに申し訳ありません。お嬢さんと同じ会社に勤める木村と申します。本日社の人間数名で親睦会を開いたのですが、ひとりでは帰ってこられないほどお嬢さんが酔ってしまったので、お連れしました」

「まあ……少々お待ちになって」

通話を終え数秒、重厚な扉がガチャリと開き、中から品のいい年配の女性が姿を現す。

女性は雄輔に背負われた結衣に気付き、小走りで駆け寄る。

「こんなになるまで飲んで……だらしがない……。申し遅れました、結衣の母です。娘がご迷惑をおかけしてごめんなさい」

恭しく頭を下げる母親につられるように、慌てて頭を下げる。

「いいえ、こちらこそアルコールに強くないと聞いていたのに、こんなになるまで飲ませてしまい申し訳ありません。悪いのは途中で止めなかった私です。どうかお嬢さんを叱らないであげてください」

「木村さん……でしたね？　迷惑をかけついでで心苦しいのだけど、よければ結衣を部屋に運んでくださいません？　主人がまだ帰ってきていないせいで、男手がなくて……とてもじゃないけど、私にその子を運ぶことはできないわ」

「そうですね……はい、わかりました」

「結衣の部屋は、二階です」

「お邪魔します」

身体を縦に振り、結衣を背負い直すと家の中へと入る。

当然といえば当然だが、外見同様に中も立派で溜息が出るばかり。落ちないようにしっかりと結衣を抱え、階段を上って突き当たりの扉を開ける。

室内は真っ暗だったが、恐らく入り口周辺の壁にスイッチがあるだろうと探ること数秒、思惑どおりカチリという音と共に、室内灯が暗闇をかき消した。

明かりに照らされた結衣の部屋は、綺麗に整頓された可愛らしくもオシャレな女の子らしいものだ。間違ってもオタク的なグッズが転がっていることなどない。

麻友子とはまた違った室内の雰囲気に、内心ドキドキしながらもそっとベッドに寝かしつけてから、照明を消して一階へと戻る。

降りてきた雄輔を、結衣の母が出迎えた。

「ありがとうございます。今、お茶を入れるわね」

「すみません。でもせっかくですがタクシーを待たせていますので、これで失礼します」

「あら、そう？　それは残念だわ」

残念がる素振りを見せながらも、決して無理に引き留めるようなことはしてこない。雄輔はあらためて頭を下げると、結衣の家を後にした。


タクシー代という思わぬ出費に、つい吐いてしまう溜息。

明日、作倉に折半させてやるという決意を胸に見上げたアパート。雄輔の目に飛び込んできたのは明かりの灯った自室の窓だった。

無論明かりをつけっぱなしで出社するはずもなく、考えられる理由は一つしかない。

自然と速くなる歩み。

結衣と過ごした時間はとても楽しくて充実していた。けれど麻友子とふたりで過ごしているときに感じられるときめきと安らぎには及ばない。

逸る思いのまま階段を駆け上がり、扉を開き室内へと飛び込む。

「ただいま！」

だが返事がない。

扉に鍵がかかっていなかった以上はいるはずだがと、靴を脱ぎ奥へと進む。するとソファーの上で寝ている姿が目に飛び込んできた。気持ちよさそうに寝息を立てる姿は、どこか艶っぽくてドキッとさせられる。

結衣の寝顔もかなり綺麗だったが、それとは種類の異なる美しさ。何時間でも見ていたいと思えた。しかし、気配に気付いたのかゆっくりと麻友子の瞼が開き、覗き込んでいた雄輔と目が合う。

「あ、お帰りさない……嫌だわ、いつの間にか寝ってしまったのかしら？」

「素敵な寝顔でしたよ。思わず見とれちゃいました」

「うふふ、ありがとう」

「帰りが遅くなるって伝えておいたから、まさかいるとは思いませんでしたよ」

「雄輔さんがいない間に、部屋を綺麗にしておこうかと」

言われて室内を見回すと、確かに今朝出ていったときより片付けられていて、あらゆるところが磨かれていた。

「せっかくゆっくり出来たんだから、もっと自分のために時間を使えばいいのに」

苦笑する雄輔に朗らかに微笑み返す。

「使いましたよ。だけどお昼には借りてたエロゲもフルコンプしちゃって」

「早っ！　もう？　しかもフルコンプ⁉」

「面白すぎて夢中で攻略しちゃいました」

「属にいう抜きゲーなわけですが、抵抗はなかったですか？」

「まったく。それどころか、男の人ってこういうシチュエーションで興奮するんだなと、大変勉強になりましたよ」

「勉強って……色々期待しちゃうな」

「どうでした、飲み会は楽しかったですか？」

興味深い眼差しを向けられて、悪戯っ子のような考えがよぎる。

「女の子も一緒でしたから楽しかったですよ」

言ってチラリと麻友子を見るが特に変化はない。あれと思いながら、少し声のトーンを上げる。

「綺麗なだけじゃなくて聞き上手で、なにを話しても楽しそうにしてくれて、おかげで時間を忘れるほど盛り上がっちゃって盛り上がっちゃって」

「そうなんですか、楽しい一時を過ごせてよかったですね」

「え、ええ……まあ……だけど彼女ったらお酒に弱くて三杯飲んだだけで立てなくなっちゃって、家まで送ることになって……麻友子さん以外の女性の部屋に入るのは初めてだったから緊張しちゃったなぁ～」

「うふふ、お酒に弱いなんて可愛らしい。私もそういう可愛げが欲しいかも」

にこやかに微笑む麻友子に、雄輔のなかで不満が膨れあがっていく。

本当はヤキモチを焼いてもらいたかった、少しでいいから拗ねてもらいたかった。

好きな子の気を惹くために意地悪をするような子供じみた行為だと、自分自身理解していた。

それでも止めることが出来なかった。どうしてもヤキモチを焼く顔を見てみたいという衝動が勝ってしまった。

麻友子の拗ねた顔を見ることができたら、少なからず彼女にとって自分はどうでもいい相手ではないと一応の満足を得られるはずだった。

なのにその思惑は見事に裏切られた。所詮麻友子にとって自分は身体だけの関係であり、何度身体を重ねてもセフレ以上の存在になれないのだろうかという思いに、憤りが止まらない。

気付けば力任せに、麻友子を押し倒していた。


「雄輔さん?」

突然襲いかかる雄輔に戸惑う麻友子。しかしその瞳は明らかに期待に満ちていた。

犬のように四つん這いになりながら、悩ましく振られる尻。

意識しているのかどうかはわからないが、男を挑発するには十分すぎるほど悩ましくて、嫌でも劣情がかき立てられる。

こみ上げる様々な感情と、入り交じった衝動に突き動かされるように麻友子の尻に顔を埋めた。

「はぁ……んぅぅ……」

くすぐったそうな甘い声。雄輔の顔が動くたび、漏れ出る吐息が鼓膜をくすぐる。

「パンストの上からでもわかりますよ。発情したメスの濃厚な香りが、押し倒されただけでこんなにして、どれだけ期待してるんですか？」

「だって今日は、セックスはないんだろうなと諦めていたから嬉しくて」

「そんなにセックスが好きですか？　チンポをはめられたいんですか？」

「ええ、セックス大好き……チンポをはめられるの大好きな淫乱オマンコだもの。激しく荒々しく犯されたい、子宮を精液で満たされてイキたいって、それしか考えられないの」

「本当、とんだ淫乱ですね。チンポなら旦那さんや俺のじゃなくても構わないんじゃないですか？」

「うふふ、もしかしてヤキモチですか？」

麻友子の言葉に体温が上がっていくのを感じたが、抑えることが出来ない。ヤキモチを焼かせるつもりが、結局は独り相撲でしかなかったという現実が胸に突き刺さる。

「そんなにチンポが好きなら、今日は気絶するまでハメまくってあげますよ」

「嬉しい……おかしくなるくらい可愛がってぇ……」

スイッチの入った麻友子の瞳に見つめられ、背筋の毛が逆立つ。

こみ上げ続けどこまでも膨れあがる劣情をぶつけるように、力任せにパンストを引き裂いてパンツを横へとずらした。姿を現す肉厚な秘部を指で広げてみると、ピンク色のヒダがすでに愛液によって濡れていた。

「もう濡れてるじゃないですか、さすが淫乱オマンコだ」

わざと貶めるような言葉を吐き、露わになったオマンコをぺろりと舐める。

瞬間、麻友子の身体が歓喜に震え喜びを表すように愛液をさらに溢れ出させた。

雄輔は丁寧に舌で掬い上げつつ、同時に指で皮を剥き、姿を覗かせたクリトリスを指の腹を押しつけるように刺激する。

「んぅぅ……いいわぁ……クリトリス痺れちゃう……」

「今日はセックスできないと思ってたとか言ってたけど、本当はこうなることを期待して来たんじゃないですか?」

「少しね……でも来てよかった。エロゲーやりながらオナニーしなくて正解だったわ……はぁぁ……そこ……んぅぅ……」

秘部に差し込んだ舌を上下に動かして、内側をペロペロを拭き取るように丹念に舐め続ける。なおも溢れ続ける愛液と唾液が混じり合い、激しい音を立てていく。

「はぁはぁはぁ……雄輔さんの舌使い大好き……そんなに丁寧に舐められたら嫌でも濡れちゃうわ……」

瞳を潤ませ身悶える麻友子。襲いくる快楽に耐えかねて砕ける腰を、雄輔は強引に持ち上げ逃がさないと言いように執拗に舐め続けていく。

「うふふ……今日はいつにも増して激しいのね……もしかしてさっき言ってた綺麗な子のお持ち帰りに、失敗しちゃったからかしら？」

「そんなこと……別に宮脇さんはそういう……そんなことどうだっていいじゃないですか、今はセックスに集中しましょう」

「そうね。気持ちいいならなんだっていいわ……くぅぅ……はぁぁ……」

なんだっていい、その言葉が傷口に塩を塗る。

自分が他の女を抱いたところで気にもしない、そういった空気が雄輔を苦しめ逆に野望を抱かせる。

必ず夢中にさせてみせる。他の男じゃ満足できないくらいの身体にしてみせる。自分から離れられない身体にして、いずれは心も向けさせてみせるんだ。

その思いが、ますます熱のこもった愛撫を可能にしていく。

「あぁぁ……ダメ……もう我慢できない……焦らさないでチンポを入れて……おかしくなっちゃう……」

おねだりそうするように艶めかしく揺れ動く腰。秘部から顔を離し、雄輔はズボンを下げる。

腹にへばりつくほど固く勃起したペニス。

亀頭の先は滲み出るカウパーによって濡れていて、それを見た麻友子は嬉しそうに笑う。

「素敵……今からそのチンポに滅茶苦茶に犯されるのね……。想像しただけでイキそう……」

ウットリとした麻友子の瞳を見つめ、物欲しそうに濡れる割れ目にペニスを擦りつける。

「そんなにチンポが欲しいですか？」

「欲しい……早くハメてぇ……」

「なら嘘でもいいから、愛してるって言ってくださいよ」

「愛してる……愛してるわぁ……だからお願い……」

「仕方がないですね。それじゃ淫乱オマンコに栓をしてあげますよ」

物欲しそうな麻友子に微笑み、亀頭を愛液まみれの入り口にあてがうと、力を緩めることなく一気に貫いた。

「ふあぁぁぁぁ……きたぁ……やっと入ってきた……これが欲しかったの……」

全身を震わせ麻友子は歓喜する。そしてもっと気持ちよくなりたいと、自ら腰をうねらせペニスを誘導していく。

「本当にエッチな腰使いですね。チンポを入れられてそんなに嬉しいですか？」

「ええ……嬉しいわ……これ好きぃ……あっあっあっ……」

「前から聞いてみたかったんですけど、今までこの淫乱オマンコに何人のチンポをお迎えしたんです？」

わざとねちっこく耳元で囁くと、膣がキュッと締まる。

「主人を入れて……18人です……」

「そんなに……全員と付き合ってたわけじゃないんでしょう?」

「はい……一夜限りの相手がほとんどで……んぅぅ……こんなに続いてるのは……雄輔さんだけよ……はぁぁ……」

「へぇ……初体験はいつですか?」

「中二の夏に……先輩と教室で……」

自分から聞いたこととはいえ、麻友子の男性経験に言い様のない嫉妬心が燃え上がるが、それ以上に爆発しそうなほど興奮もしていた。

こみ上げるドロドロとしたものをぶつけるように、荒々しく腰を振り子宮口を叩く。

「今までしたセックスのなかで、興奮したのってどんなセックスですか?」

腰を振るのを止めることなく再び耳元で囁く雄輔に、麻友子は瞳を蕩けさせる。

「満員電車の中でしたり、逆に誰もいない電車の中で全裸になってしたり……うふふ、色々あるけど?」

「そんな刺激的なセックスを経験してちゃ、俺とのセックスなんて物足りないでしょう?」

力任せに揺れ動く乳房を揉みしだき、嫉妬の赴くままに麻友子の肢体を貪り喰らう。

だが返ってきたのは予想外の言葉だった。

「うふふ……そんなことないわ。むしろ今までしてきたどのセックスよりも刺激的で、夢中にさせてくれるもの」

「どうして？」

「だって結婚してから関係を結んだのは雄輔さんだけだもの……愛する夫がいるのに裏切るような真似をして……その背徳感は、今までのセックスがお遊びに思えるほどよ」

チロリと覗いた舌で唇を舐める。

「しかも妊娠するかも知れないというのに、避妊もせず濃厚な精子を子宮で受け止めてるんですもの……こんなスリリングなことはないわ」

蕩ける瞳を細めて妖艶な笑みを浮かべ、亀頭を子宮口に擦りつけるように淫らな腰つきを見せる。

「前にも言ったでしょ、生でするのは貴方が初めてだって……経験はそれなりに豊富だけど、今まで一度だって生でさせたことだけはないのよ。だから雄輔さんは特別よ。私の子宮が知ってる精液の温もりは　貴方のだけだもの」

今まで心の中で燃えさかっていた嫉妬の炎は嘘のように消えていた。むしろくだらないことに拘っていたとさえ思える。

自分は麻友子にとって特別な存在であり、また自分にとっても麻友子は特別な存在だ。それだけで十分だという思いに満たされていく。

もっと感じたい感じさせてあげたいと次第に腰の回転は増し、この上ない快楽に包まれる。ペニスを優しく包み込みながら締め上げ続ける膣。子宮を突き上げるたび結合部から音を立てて溢れ出す愛液が、ソファーに染みを作り出す。

「んぅぅ……生のチンポの味を知ったら……もう避妊なんて出来ないわ……」

「もし子供が出来たらどうします？」

「うふふ……雄輔さんの子供なら産んでもいいわよ」

嘘か誠かわからない、だがその一言でかつてないほどの射精感がこみ上げる。

そこから先は意識がない、なにも考えずただひたすらに腰を振っていた。

ドクンと高鳴る鼓動、全身を走る快楽の波が股間に集中し一気に開放された。

「うっ……!!」

雄輔の短い呻き声と共に飛び散る大量の精液が、子宮を目指して流れ込む。

絶頂の余韻となおも優しく包み込む膣の温もりに抱かれながら、雄輔は改めて麻友子が好きなのだと実感していた。

電車に乗り込み結衣の姿を捜す雄輔。乗車している時間と車両がわかっているのだから見つけ出すことは難しくなかった。

後ろから声をかけるとビクッと身体を震わせ、恐る恐るといったふうにゆっくりと結衣が振り向く。

「き、昨日はすみませんでした！」

目が合うなり繰り出される突然の謝罪に、雄輔のほうが驚いた。

「あー、もしかして家まで送ったことを言ってる？」

この場合どう考えてもそれしか思い当たらないが、確認の意味を込めて聞き返す。

「はい、母から聞きました。酔って意識のない私を抱えてベッドまで運んでくれたこと……本当にご迷惑をおかけしました！」

密着するほどの至近距離で謝罪され、逆に戸惑ってしまう。

「迷惑だなんてそんな……それよりお母さんに怒られたりしませんでしたか？」

「飲むならほどほどにしなさいと忠告は受けましたけど、木村さんとの約束だから怒りませんと……すみません、私が悪いのにフォローまで……」

「気にしなくていいですよ。二日酔いとかは平気ですか？」

「おかげさまでそれは大丈夫です」

力いっぱい応える結衣だったが、なぜか急に耳まで真っ赤に染め俯いてしまう。

いったいどうしたんだと声をかけようとした瞬間、ガバッと顔を上げると、一歩距離を詰めてくる。

「あ、あの……ご迷惑をおかけしておいて厚かましいんですけど……お願いがあります！」

「な、なにかな？」

「私と……お友達になってくれませんか？」

なにを言われるかと身構えていただけに、その可愛らしいお願いに思わず吹き出してしまった。

「あはは、なにかと思えばそんなことか」

「そ、そんなことですみません……」

再び俯き小さくなっていく結衣を微笑ましい気持ちで見つめていた雄輔だったが、あらためて姿勢を正してから答えた。

「条件が一つだけあります」

「なんですか⁉」

すがりつかんばかりの勢いで顔を上げる結衣に、雄輔は優しく微笑みかける。

「まずはアドレス交換しない？」

「もちろん喜んで！」

第三章 充実と葛藤と

「ん……んんぅぅぅ……？」

股間を襲うむず痒い刺激に、雄輔の意識は緩やかに覚醒していく。

次第にハッキリとしてしていく感覚。身体の上に感じる温もりと重み、ペニスを締めつける特有の感触。そして鼓膜をくすぐる甘い吐息。

今自分が置かれている状況を理解し始め、その答え合わせをするべく重たい瞼を開いていく。

寝ぼけ眼を襲う朝日に反射的に顔をしかめながら股間のほうに目をやると、ゆさゆさと揺れる大きな乳房が視界に飛び込んできた。

「おはようございます、麻友子さん」

「おはよう。いい夢は見られた？」

勃起したペニスを膣にくわえ込み、上下に腰を振りながら麻友子はにこやかに微笑む。

「夢も見ないいくらいグッスリでしたよ」

「うふふ、あれだけ激しく何度もしたんだもの疲れて当然ね」

麻友子の部屋で夕飯をいただき、そのまま幾度となく身体を重ねたことを思い出し雄輔は苦笑する。

「失神するまでしまくったのに、ずいぶん元気ですね」

「立派な朝立ちを見せられたら疲れなんて消えちゃうわ。むしろあれだけ出してもちゃんと朝立ち出来るほうが凄いわ」

「そこに関しては俺の意思は関係ないですから……くぅぅぅ……!!」

ペニスを包み込む肉壁が、愛液を絡めながら圧力を増していく。広がっていく蕩けてしまいそうな心地よさと、押し寄せる快楽の波に腰はひくつき吐息が漏れる。

ほんの数時間前に数え切れないほど射精したというのに、それでも飽きることなく、むしろもっと出したいさえ感じてしまう。

抗いようのない本能に身も心も浸食され、無意識に自ら子宮を突き上げていた。

「やる気を出してくれて嬉しいわ……はぁはぁ……」

「こんな気持ちいいこと楽しまなきゃ、もったいないじゃないですか」

「そうね。楽しまなきゃもったいないわ。もっと激しく突いてください」

「もちろん」

麻友子の腰を手でしっかりと掴み引き寄せ、亀頭で子宮口を擦るように刺激する。

子犬のように甘えた吐息と共に溢れ出す大量の愛液が、もっととせがんでいるようで荒々しく応える。

「んぅぅ……いいわ……雄輔さんのチンポが奥に当たってる……はぁはぁ……そんなにされたら本当に妊娠しちゃうかも……」

「大丈夫ですよ。今日は安全日じゃないですか」

「うふふ……よく知ってるのね」

「そりゃ俺だって色々調べもしますよ」

「嬉しい……なんの心配もなく生チンポを味わえるなんて」

「今まで一度でも心配したことありましたか？」

「くすっ……それもそうね」

雄輔の頬を両手で挟み、引き寄せるように身体を折り曲げ唇を重ねる麻友子。

シットリとした唇を存分に堪能し、どちらからともなく舌を絡ませる。

耳元で聞こえる息づかいと胸に押しつけられ潰れた乳房の重み、今もなお締め上げ続ける膣の圧力に、意識が溶けてしまいそうなほどの快楽を得ていた。

「くぅぅぅ……目覚めた瞬間から気持ちいい思いが出来るなんて……これ以上ない一日の始まりだ……」

「喜んでもらえて嬉しいわ……私で抜いてスッキリした気分で会社に行ってね」

「そうさせてもらいますよ……」

収縮していく膣にペニスが歓喜の悲鳴を上げ、射精感が一気に膨れあがっていく。

こみ上げるものすべてを吐き出したくて、増していく腰の回転。汗と体液にまみれ、ただ一心に腰を振り続けた。

高まる感覚に身体は震え、獣のような息づかいが部屋を埋め尽くす。

「はぁはぁはぁ……何度味わっても最高のオマンコだ……」

「ありがとう。だけど私以外の女の子としたことあるの？」

「まさか……俺には麻友子さんだけですよ」

とりようによっては告白とも思える言葉だが、麻友子は気にする素振り一つ見せない。

「それなら最高かわからないじゃない、もっとピッタリのオマンコがあるかもしれないわよ」

「かもしれませんね。だけど俺はこのオマンコが気に入ってるんですよ」

「ありがとう。私もこのチンポ気に入ってるわ」

雄輔の胸を指でなぞり目を細めると、仕上げだとばかりに激しく腰をグラインドさせ始める。ヒダの一つ一つがペニスを撫でつけ、痺れは脳にまで届き出すした。

肌を伝い滴り落ちる汗。むせ返るような匂いのなか、雄輔はありったけの精を吐き出し果てた。

「うぅぅぅぅぅ……！」

「んぅぅ……精液で埋め尽くされていくこの感じ……大好き……」

なおも続く射精、麻友子は最後の一滴まで搾り取るように腰を止めることはない。

「はぁはぁ……麻友子さん……」

「もう少し……もう少しで……はぁぁぁ……」

髪を振り乱し呼吸を荒げながら、精液まみれのペニスを膣口に擦りつける。

次第に目はうつろになり、半開きの口から漏れる嗚咽にも似た喘ぎ声が、その音色を上げていく。

そしてひときわ激しく肢体を震わせ、麻友子は天を仰ぎ、声にならない声を上げた。

「ひゃぁぁぁぁぁぁぁぁっ!!」

痙攣する膣内、これまで以上の愛液を噴き出し、力尽きたように雄輔の上へと崩れ落ちる。

絶頂の余韻に目の焦点の定まらない麻友子の頭を、そっと撫でた。

よく手入れされたスベスベの髪の毛が、手の平の下を流れて心地いい。

雄輔は、いま確かに腕の中にある幸せを強く実感していた。

「いただきます」

「はい、召し上がれ」

漂う味噌汁の香りを鼻腔いっぱい吸い込み、お椀を傾ける。

ほのかな塩気が食欲を増進させ、炊きたての米へと手を伸ばす。

「はぁ～、今日も朝から美味い」

「お世辞を言ってもこれ以上なにも出ませんよ？」

「これ以上望んだら罰が当たりますよ。それにお世辞なんかじゃありませんから、こんなに美味い飯なら何杯だって食べれますよ！」

「遠慮しないでおかわりしてくださいね。でも無理はしちゃダメですよ？」

「今まで朝は食べなかったんですけど、こうしてご馳走になるようになってから明らかに仕事がはかどるんですよね。おかげで成績も伸び続けてて、これもすべて麻友子さんのおかげです」

「いいえ、雄輔さんの努力が実を結んだだけですよ」

ニコニコと微笑む麻友子は、焼き魚をほぐして口へと運ぶ。その様子に見とれていた雄輔に気付き、小首を傾げた。

「なにかついてますか？」

「いや、前から思ってたんですけど綺麗に魚を食べるなって……思わず見とれちゃいましたよ」

「うふふ……あら、お弁当」

箸を置き腕を伸ばす麻友子。指先が頬に触れ、口元についていた米粒を摘まみ上げる。そしてためらうことなくそれを舐め取るように食べた。

「嫌じゃないんですか？」

自然に口をついた言葉に、麻友子は再び小首を傾げる。

「いや、汚いとかそういう……」

補足する雄輔だったが、どうにも伝わっていないようだ。

「ただのご飯粒じゃないですか、汚くありませんよ？」

「そうじゃなくて、俺の口についたヤツだし……」

ためらいがちに発した言葉に、ああと頷き柔らかく微笑む。

「私の唇が何度触れてると思っているんですか？　汚いわけないじゃありませんか」

「言われてみれば……唇どころかチンポまで舐められてるんだものな」

「そういう雄輔さんこそ、オマンコを舐めてるんですからお互い様じゃないですか」

「確かに……そう考えるとご飯粒くらいどうってことないか」

「です」

うふふと笑う姿に雄輔は幸せを感じていた。それに呼応するように麻友子は唇を開く。

「下ネタのあとに言うのもなんですけど、こうしているとまるで新婚みたいですね」

思わぬ言葉に思わず箸を置き身を乗り出してしまう。

「実は俺も同じことを考えてました！」

「あら、そうなんですか？　奇遇ですね」

てっきり独り相撲だとばかり思っていただけに、麻友子の言葉にこの上ない喜びが全身を駆け巡る。

彼女に他意がないことは十分理解しているが、それでもなお幸せは膨らんでいく。

この時が永遠に続けばいいのにと願わずにいられなかった。

「おはようございます、今日もいい天気ですね」

電車に乗り込んでくる雄輔を満面の笑顔で出迎える結衣。

あの日、友達になろうと話してから早一ヶ月。初めのころこそぎこちなさもあったが、今では自然と会話が出来るまでに、ふたりの仲は進展していた。

これまで通勤は、ただの苦行でしかなかった。来る日も来る日も満員電車に揺られる日々は修行でもさせられているのかとすら感じていた。だがたった一つ潤いが足されるだけで、まるで別物に変わる。

苦痛でしかなかった時間は楽しい一時へと変わり、待ち遠しくすら感じていた。

思えば雄輔にとっても結衣は生まれて初めて出来た異性の友人、楽しくないはずがない。

家では麻友子が、会社では結衣がいてくれる。雄輔にとってこれまでの人生で最も充実る。

麻友子と過ごすという選択肢はあるが、話がどこに行き着くのか知りたくて促す形をとしていた。

「特にないけど……どうして？」

「あの……今度の日曜ってなにか予定ありますか？」

緊張しているのか、結衣の全身に力がこもるのを感じながら雄輔は言葉を待つ。

繰り返される浅い深呼吸、やや間をとりゆっくりと開かれていく唇に耳を傾けた。

「も、もうすぐ父の誕生日なんです！　そ、それで……あの……もしよければ今度の日曜……プレゼントを選ぶの手伝って貰えないでしょうか？」

どこか切羽詰まった表情に口を開きかけるが、それより先に畳みかけるように結衣の言葉は続く。

「男の人の意見を聞きたくて……お礼はちゃんとします！」

「別にお礼はいらないけど……」

「ダメですか？　ダメですよね……せっかくの休日を私のためなんかに……すみません」

ションボリうなだれる姿がやけに可愛らしくて、思わず笑ってしまいそうになる。

「いやいや、諦めるの早いな、喜んで付き合うよ」

元気なくうなだれていた顔に花が咲いたように光が差す。

「本当に？　いいんですか？」

「予定もないし部屋でボーッとしてるより建設的だろ？　それにこんな美人とデートができるっていうんだから断るはずがない！」

「デ、デート⁉　あ、いや……それじゃ、お願いします……」

頬を染め潤んだ瞳で見つめる結衣に雄輔は笑顔で頷いた。


「最近ますます宮脇ちゃんと仲がいいみたいじゃないか」

席に着くなり、先に出社していた作倉がニヤニヤしながら声をかけてきた。

「そうだな、少なくともお前とよりは相性がいいな」

素っ気なく言ったが、すぐに作倉のほうへと向き直る。

「そういえば前から気になってたんだけど、結衣ちゃんとどこで知り合ったんだ？　いや、どうせお前のことだから節操なくナンパでもしたんだろ」

「バカを言え、確かに俺から声をかけたのは間違いないが、あの場合誰だってそうする」

「どういう意味だよ？」

「悪いがこのタイミングで言うわけにはいかないな」

「なんだよそれ、じゃあいつなら言えるって？」

「そこはまあ、宮脇ちゃんの頑張り次第かな」

「わけがわからん」

「そのうちわかるさ……たぶん……うん、きっとな……なんにしても彼女に対して邪(よこしま)な感情はなにひとつ持っちゃいないよ、確かに俺好みの美人だがな」

ウインクをし、作倉はもう話すことはないとばかりにPCに向き直り仕事を始める。

なにかを隠していることは確かだが、無理に聞き出すほどのことでもないだろうと、追及することなく雄輔も仕事を開始した。

日曜日――。

待ち合わせの場所へとやって来た雄輔は腕時計に視線を落とす。

アナログ時計の針は約束の十五分前を指していた。

「おはよう、早いね」

雄輔の声に振り向いた結衣は可憐に微笑む。

「おはようございます。そうですか普通だと思いますけど？」

「ちなみに何分前に着いたの？」

「一時間くらい前でしょうか？」

「早っ！　一時間って……」

驚く雄輔に結衣は慌てて手を振って否定する。

「で、でも別に今日が特別ってわけじゃないんです。誰かと待ち合わせるときはいつも一時間前には現地に着くようにしていて……」

「そうなんですか、だけどなんでまたそんな早くに？」

問われると、恥ずかしそうに俯き身体をモジモジさせる。

「私って心配性なんです……もしかしたら電車が人身事故で遅れたりするんじゃないかとか色々考えてしまって……だから早めに出てなにがあっても対応出来るようにと……」

人身事故が発生したら同じ沿線である自分も遅刻だとは思いつつ、理由には納得した。

「あー、それは少しわかるかな」

今度はガバッと顔を上げ、雄輔の瞳を見つめながら嬉しそうな表情を見せる。

「わかってくれるんですか？」

「まあ……俺も時間は守りたいタイプだし、それに待つのはいいけど待たせるのはちょっと嫌っていうか」

「そうなんです！　それに人を待つのは嫌いじゃないので」

「そっか……だけど一時間てのはさすがの早すぎるような」

「別にずっと待っているわけじゃなありませんよ。早めに来て待ち合わせ場所を確認したら周囲を散歩することにしてるんです」

「へぇ〜、なにか面白いものとかありましたか？」

「はい、ランチの美味しそうなお店がいくつか……それで、あの……少し早いですけどお昼ゴハンどうですか？」

「いいですね。オススメの店に案内してくれますか？」

「はい、喜んで！」

歩き出す結衣に並び横を見ると、嬉しそうな笑顔がそこにあった。雄輔にはそれがとても眩しくて可愛らしく思えて仕方がなかった。


食事を終えてから適当な店に入り、店内を見渡すふたり。

「色々ありすぐて目移りしちゃいましね」

「どうしようか、適当に見て回って良さそうなのがあったらそれにする？」

「木村さんのお時間がよければ……」

「時間なら大丈夫だよ。今日一日結衣ちゃんに付き合うつもりで来てるし」

「木村さんとずっと一緒にいられるなんて……嬉しい……」

ぼそりと呟く声を雄輔は聞き逃さなかった。

あくまでも友人として結衣と付き合っているが、空気が読めないほど鈍くはない。

佐倉に言われずとも、出会ってから今に至るまでの、彼女が自分を見る視線や態度から好意を抱いてくれているんだろうなと感じていた。

だが麻友子への思いを自覚してしまった以上、意識的に気付いていない素振りを演じてきた。

それでも不意に考えてしまう。人妻に思いを寄せ続ける行為は、不毛でしかない誰にも祝福されない日影の関係ではないかと。結衣と付き合うことが一番なのではないかと。

だがいつも、結局思考の行き着く先は、麻友子が好きだという純粋な思いだけだった。

その後も適当に歩き、気になるものを見つけては足を止め吟味を繰り返す。

プレゼント選びが目的ではあるが、以前に雄輔本人が口にしたとおり、これはデートと何ら変わらないものだ。

人妻である麻友子と大手を振って外に出かけることなど出来るはずもない。だから実質、女の子とのデートはこれが初めても同然だった。少なからず緊張していたが、それを上回るほど雄輔は充実感を得ていた。

「なかなか、これといったものがありませんね」

「お父さんってなにか趣味は？」

「ゴルフです。週末はいつも朝からゴルフ場なんですよ」

「なるほど……どうせプレゼントするなら実用的な物のほうがいいかな？」

「ですね！　だけど私、ゴルフのことはあまり……」

「俺も詳しくはないけど……ウエアとかは？」

「いいですね。それならいくらあっても困らないはずですし……素敵なアイディアだと思います」

しきりにウンウンと頷き感心する結衣を微笑ましく見つめ、フロア案内に視線を移す。

「スポーツ用品は七階っと……」

目的の場所を確認し結衣のほうへ向き直ろうとしたところで、壁に貼られたポスターが視界に入ってきた。

八階イベントホールにて『テイキュー展』開催中と書かれたポスター。

テイキューとは男子テニスダブルスを題材にした今期アニメであり、国内だけに留まらず世界中から注目されている作品だ。

コンビの友情を越えた愛が見所の一つであり、BL的な表現が多いことでも有名で、主に腐女子たちから高い高い支持を受けている。

麻友子もそんな熱狂的なファンのひとりであることを知っている雄輔は、帰ったら教えてあげようと思いを巡らせた。

「どうかしましたか？」

固まったままの雄輔を心配した声に、我に返り慌てて結衣を見る。

「ううん、なんでもない。それじゃ七階へ向かおうか」

声を発したのとほぼ同時に目の前でエレベーターの扉が開く。

「いいウエアがあるといいね」

「はい」

お眼鏡にかなう品物に出会えて、結衣は満面の笑みを浮かべ買い物袋をギュッと抱きしめている。

「良かったですね。素敵なウエアが見つかって」

「あとは父が気に入ってくれればいいんですけど」

「それに関しては問題ないと思うな、可愛い愛娘からのプレゼントを喜ばない親なんていないでしょ？」

「だといいですけど」

顔を綻ばせる姿に目を細める――が、直後にはこれ以上ないというほど見開くことになった。なにやら背後から感じる視線に振り返ると、そこには麻友子が立っていたのだ。

なぜここに麻友子がと疑問に思うよりも、結衣とのデートを見られてしまったことに激しい焦りを感じずにはいられない。

果たして麻友子の目には、この状況がどう映っているのかと考えるだけで胃がきりきりと痛む。

しかしそんな雄輔の思いとは裏腹に、ニコリと微笑みその場を立ち去ってしまった。

雄輔のなかに湧き上がる、一刻も早く弁明をしなければという思い。誤解されたままは絶対に嫌だという感情が雄輔を突き動かす。

「ご、ごめん……急にお腹が痛く……」

麻友子を追いかけるためについた咄嗟の芝居。あまりにも突然すぎて不自然に思われても仕方がないと覚悟を決めるも、結衣は疑うことなく気遣った。

「大丈夫ですか、どこかで休みますか？　それとも——」

「トイレに行けば大丈夫だから……ちょっと長くなるかも知れないから二階のカフェで待っていてくれるかな？」

なにか言いたげな表情を一瞬覗かせるも、結衣は小さく頷いた。

「わかりました。もしなにかあれば携帯に連絡をください」

「ああ、わかった……ごめんね、迷惑をかけて」

「迷惑だなんてそんな……ただ心配なだけですから」

「ありがとう……じゃあ、行くね」

心配そうに佇む結衣に申し訳ないと思いつつ、麻友子が消えたほうへと足を向ける。

嫌でも早くなる歩み、気ばかりが急いで余裕の欠片もない。もしここで捕まえることが出来なければ、アパートに帰ってから弁明しなければならない、モヤモヤした思いを抱えたまま結衣と過ごさなければいけないなんて、心にいいわけがない、なんとしても見つけ出さねば。

悲痛な願いが天に通じたのか、ほどなくして見慣れた後ろ姿を捕らえた。

「麻友子さん、待ってください」

呼び止められた驚きを隠すことなく振り向く麻友子は、雄輔の顔を見るなり苦笑する。

「どうして追いかけてきたんです？　せっかくのデートなのに、彼女を置いて他の女の所に来るなんてダメですよ？」

子供をたしなめるような口調の麻友子だったが、雄輔のまとう空気になにかを感じ取ったのか口を閉ざし言葉を待つ。

「デートじゃないですから！　彼女はただの同僚で、お父さんの誕生日プレゼント選びに付き合ってるだけです！　けっしてそういう関係じゃありません！」

必死な訴えに対して、麻友子はキョトン顔。

「もしかして、それを言うためだけに追いかけてきたんですか？」

「はい！　本当に彼女とはなんでもないんです。信じてください！」

真剣な眼差しで一歩踏み出す雄輔に、うふふとおかしそうに笑う。

「信じるもなにも、どうして私にそんなことを言うんですか？」

「え……どうしてって……」

帰ってきた言葉に絶句する雄輔。麻友子はなおも微笑んだまま言葉を続ける。

「雄輔さんが誰と付き合おうと、私には関係ないじゃないですか」

最初からわかっていた。覚悟もしていた。その上で麻友子に対する思いを曲げずに貫いてきた。いつか必ず振り向かせてみせると心に誓っていた。

だから、面と向かってハッキリ言われて、なにも感じないほど鈍くはなかった。

「ですよね……俺たちはセフレなんですから、恋愛ごとに口を出すべきじゃないんでしたね……」

「はい、たとえ誰と付き合っても、貴方が望む限り今の関係は崩れない。逆に終わりにしたいというなら、それを止める権利も私にはありません」

極めて冷静な語り口とは逆に、雄輔の中で熱いものが煮えたぎる。

「じゃあ、今、フェラしてくれませんか？」

唐突な申し出に、さすがに麻友子も戸惑いの色を見せる。

「今ですか？」

「ダメですか？　お互いしたくなったら遠慮なく言い合うって約束でしたけど……まあ、無理なら我慢します」

どこか拗ねた物言いだったが、麻友子は口角を上げ艶っぽく微笑む。

「うふふ……もちろん」

スイッチが入るようにゴクリとツバを飲み込む。同時に雄輔のパンツの中では、はち切れんばかりに勃起していた。

「では場所を移しましょう。だけどせっかくだもの、刺激的なところがいいわ」

屋上にチュパチュパと淫靡な音色が響き渡る。

人目につきにくい場所を選んでいるとはいえ、多くの人々が行き来する屋上だ。ふたりの元へ誰かが来ないという保証はない。

もしかしたら見られてしまうかもしれないという緊張感が、かつてないほどふたりを燃え上がらせていた。

「こんなに固くして、いけない子なんだから」

髪をかき上げペニスを根元まで飲み込むと、わざと見せつけるように挑発的にネットリとしゃぶる。

唾液まみれの舌が敏感なところを撫でつけて、股間を中心に鈍い痺れが全身へと広がっていく。

「そう言う麻友子さんこそ乳首をこんなに固くして……とってもエッチですよ」

露(あらわ)になった乳房の先でぷっくりと膨らむ乳首を摘まみ、指で転がす。

指にかかる心地よい弾力は、何度触れてもけして飽きることはない。

滲み出る母乳が指を濡らし、雄輔の興奮をさらにかき立てていく。

「もし誰かに見られたらどうします？」

舌先で尿道を突かれ、ビクッと身体を震わせながら雄輔は問う。その問いに麻友子も恍惚の表情で答える。

「それはそれで素敵……見られながらするなんて想像しただけでゾクゾクしちゃう」

「本当にエッチなんですね……」

「うふふ、お互い様でしょ、それとも誰かが来たら逃げ出すの？」

「まさか……こんな気持ちのいいことを途中で止められるわけないじゃないですか……」

「なら、このシチュエーションを存分に楽しみましょう」

円を描くように亀頭を舐め回し、唾液によって濡れた竿を指でしごく。

快楽に打ち震え熱い吐息を漏らし続ける雄輔をオカズに、麻友子は自らの性器を慰め始める。

「聞こえる？　とってもエッチな音してるでしょ……こんなに濡れてるのよ……んぅぅ……」

手が動くたび聞こえてくる湿った音。その大きさからどれほど濡れているか容易に想像がつく。

「お漏らしレベルで濡れてるんじゃないですか？」

「こんなに感じてるのは久しぶり……誘ってくれてありがとう、最高の気分よ」

「露出癖まであるなんて、初めて会ったときはこんな人だとは思いませんでしたよ」

「ごめんなさいね、期待を裏切って」

「いいえ……いい裏切られ方だから問題ないですよ……くぅぅ……」

しなやかな指が弄ぶように袋を揉みしだき、もう片方の手が竿を握り締め、根元から亀頭へと螺旋状に撫でつける。圧倒的なまでの心地よさに声が漏れ、腰が勝手に震えた。

「はぁはぁ……んんぅ……ヤバイ……病みつきになりそうだ……」

「いつでも付き合うわよ……今度はもっとスリリングな場所でも構わないわ」

「これ以上にスリリングな場所って……はぁぁ……チンポが蕩けそうだ……くぅぅ……」

「あまり大きな声を出すと気付かれちゃうわよ。ほら、誰かが近づいて来た」

言われて耳を澄ませば近づいてくる子供のはしゃぐ声。気付かれているわけではないようだが、このままでは遅かれ早かれ見つかってしまう。

慌てて口に手を当て声を殺した。だが麻友子はそれには構うことなく、むしろこれまで以上に激しく責め立てる。

唾液を絡ませた指でペニスを撫でつけ、舌先で尿道をほじるように突くと、たわわに実った乳房を足に押しつけるようにしてきた。

挑発的な視線にゾクゾクしながら、次第に近づく子供の声に心臓は早鐘のように高鳴っていく。

抗いようのない快楽と緊迫感が、通常ではありえないほどの高揚感をもたらす。

「ダメだ……それ以上されたら声が……」

身をよじらせながら小声で雄輔は訴える。しかし手を休める気配は見られない。

「遠慮しないで声を出して、気持ちいいことを我慢するなんてもったいないわよ？」

「そんなことしたら子供に見られ……」

「いいじゃない、いい性教育になるわ」

本気の瞳にたじろぐが、主の気持ちとは裏腹にペニスは硬さを増し、攻められることを求めるように脈打ち続けた。

「さあ、声を出して……雄輔さんの可愛い声をみんなに聞いてもらいましょう」

目を細め行為を続ける麻友子。あとのことなど考えない、今この瞬間の快感だけがすべてだと言わんばかりの迷いのない愛撫。

すぐそこまで迫る子供の気配、恐らくあと二メートルほど先まで来ているだろう。角を曲がればふたりの姿は丸見えとなり、あらゆる言い訳など効かない状況に追い込まれる。

今すぐ身体を離し衣服を整えれば、最悪の事態は回避できるかもしれない。頭ではそう理解しているのに、押し寄せる快楽の波がそんな思考を飲み込んでしまう。

軽い足音が残り一メートルに達して、覚悟を決め、目をギュッと瞑る。

ちょうどそのとき、子供を呼ぶ母親の声がして、すぐそこまで迫っていた足音は軽快に遠ざかっていった。

「た、助かった……のか？」

「あら残念」

芝居ではなく心底ガッカリした表情を浮かべる麻友子に、軽い恐怖心とそれ以上の興奮を覚える。

高鳴り続けた鼓動は止むことなく、圧迫感を覚えるほどの緊張と、開放されたことへの安心感の入り交じった、形容しがたい感覚が激しい射精感を呼び起こす。

「も、もう……」

「全部飲んであげる……遠慮なくイッてちょうだい」

射精を促す麻友子は妖艶な笑みを浮かべたまま、徹底的に弱い部分を刺激してくる。

足腰が砕けそうになり、眉間に力がこもる。

唾液と吐息の入り交じった淫猥な音色に誘われ、ついに臨界を越えた。

「イ、クっ……!!」

腰を突き出し、麻友子の口内の奥深いところへと達したペニスはビクビクと震え、こみ上げていたものすべてを開放した。

「んんぅぅぅ……!?」

驚いたように一瞬目を見開く麻友子。しかし、すぐにウットリとした眼差しで喉を鳴らすと、口内を埋め尽くすほどの精液を飲み込んでいく。

絶頂の余韻が少しずつ引いて、思考もクリアになってくる。嫉妬で感情的になっていたのが嘘のように、穏やかな賢者タイムが訪れた。

同時になんて、無茶なことをしてしまったんだという焦りが、いまさらながらに湧いてくる。

だが、そんな雄輔の気持ちなど知るはずもなく、最後の一滴まで飲み干した麻友子は満足げに微笑んだ。

「やっぱり雄輔さんとは相性がいいわ。精液を飲みながらイッちゃった」

相性がいい……願わくば肉体だけでなく、心もそうあって欲しいと思わずにはいられない。

「さあ、彼女のところに戻ってね。きっと心配して待ってるわよ」

麻友子の言葉で、やっと結衣のことを思い出す。行為の最中は、完全に彼女のことは頭から消えていたので慌ててズボンを上げる。

「それじゃ行きます！　また後で」

「ええ、デートを楽しんでくださいね」

「だからそんなんじゃ……」

イタズラっ子ぽく笑う麻友子に見送られ、小走りに屋上をあとにした。

「ごめん、ずいぶん待たせちゃったね」

雄輔の顔を見て、結衣はホッと安堵の表情を覗かせる。

「いいえ、それより大丈夫ですか？　もし具合が悪いなら今日はもう……」

「おかげさまで、もう元気いっぱいだよ」

「本当に？」

心配するように見守る結衣に顔を綻ばせ頷く。

「本当だよ。プレゼントも買ったから、もう帰りたいっていうなら仕方がないけど」

「帰りたいなんてそんな！　全然思ってませんから……もっと木村さんと一緒にいたいですから……」

耳まで真っ赤に染め小声になっていく姿に、この子はやはり自分に好意を抱いてくれているんだなと感じていた。

これほどまでに思ってくれている相手がいるのに、置き去りにして情事を楽しんでしまったという罪悪感がこみ上げる。

本当なら思わせぶりな、期待させるようなことはしないほうがいいのかもしれない。

だが同じく片思いをする身から、突き放すことなどできなかった。

もちろん言い訳に過ぎないことは、雄輔自身理解していた。麻友子に寄せる思いは本物だが、だからといって、結衣との時間に感じる楽しさも否定することは出来ない。たとえそれがどれほど身勝手なことであったとしても。

「それじゃ、せっかくの休日なんだし、今日はとことん楽しんじゃおうか？」

雄輔の提案に瞳を輝かせ、力強く頷いた。

「はい！」

結衣とのデートを終え帰ってきた雄輔は、自室に戻ることなく麻友子の部屋を訪ねた。いまさら結衣とのことを弁解するつもりもなかったが、ただ彼女の顔を見たいとインターホンを押す。

「ただい――」

ただいまと言いかけた雄輔だったが、驚きのあまり言葉を飲み込んでしまう。

「ど、どうしたんですか⁉」

開いた玄関には、大粒の涙をポロポロと流し続ける麻友子の姿があった。

いったい何があったのかと、ただただ困惑するばかり。

いつも笑っている麻友子が、これほど泣くほどのなにかが自分のいない間に起きたという事実に少なからずショックも受けていた。

こんなことなら、もっと早く帰ってくるべきだったと後悔の念が渦巻く。

しかし、なぜか当の本人から不思議そうな顔を向けられる。

「どうしたって、なにがですか？」

拍子抜けするほどいつもどおりの口調に、ますます頭が混乱する。

「なにって……泣いてるじゃないですか」

「えっ？」

自身の頬を撫で、濡れた指先を見つめる麻友子。

「涙？　あれ……泣いてる？」

「なんで疑問系なんですか？　いったい何があったんですか？」

心配で胸が押し潰されそうになりながら問う雄輔に対して、なにか納得したようにうふふと麻友子は笑った。

「ごめんなさい、実は先週のテイキューを見ていたんです」

「え〜と……え、どういうことですか？」

困惑する雄輔に、涙を拭いながら恥ずかしがる素振りを見せる。

「ほら、先週って智也に勇二が必勝のお守りだってペアリングをプレゼント——もといプロポーズした神回じゃないですか！　クッションを噛んで声を殺して見てたんですけど……まさか涙まで出てたなんて恥ずかしい……」

あまりの間抜けな理由に、全身の力が一気に抜け思わず座り込んでしまう。

心配して損したと呆れる反面、ホッと胸を撫で下ろす。

「立ち話もなんですから、上がってください」

麻友子に促され、やっと部屋にお邪魔する。

そしていつもそうしているように、ふたりでソファーへと腰を下ろした。

「それにしても、まさかあんなところで会うとは思いませんでしたよ。買い物ですか？」

「いいえ、テイキュー展へ」

「知ってたんですね。あとで教えてあげなきゃって思ったけど、さすがに情報が早い」

「知ったのは今朝ですけどね。テイキューのまとめサイトを巡っていたら偶然目にして、これはなにがなんでも行かなきゃって」

「なるほど……で、どうでした？」

「良かったですよ！　キャラデザのボツ稿や資料とか、原画もたくさん展示されてて。なにより物販が充実していて、会場限定の商品がたくさん！　思わず散財しちゃいました」

隣りに腰を下ろしながら興奮気味に語る麻友子を微笑ましく見つめ、目の前に置かれたコーヒーを口元へと運ぶ。

「一緒にいた女性って、もしかして家まで送ってあげたっていう子ですか？」

思わぬ質問に、思わずコーヒーを噴き出しそうになるのをなんとか堪えた。

「ええ、まあ、そうですけど……」

平静を装いながらも焦る雄輔は、そっとカップをテーブルへと戻す。

「聞いてたとおり綺麗な人ですね。思わず見とれました」

コーヒーを一口すすり、カップを唇から離すと麻友子はニコリと微笑む。

「それで、彼女とはどうなんですか？」

興味津々であることを隠そうともしない瞳の輝きに、腹を立てる気力すら湧いてこない。

「言ったじゃないですか、彼女とはなんでもないって」

「今はまだ、ですよね？　この先どうなるか、わからないじゃないですか」

「どうにもなりませんよ。あくまでも友人ですから」

それでも麻友子は、苦笑する雄輔を微笑ましい眼差しで見つめてくる。

「彼女のほうは、そうは思っていないと思いますけど？」

「……どういうことですか？」

「気付いてないんですか？　彼女、雄輔さんのこと好きみたいですよ」

「あはは……まさか」

知らぬフリをする雄輔に麻友子は、もぉと困った顔をする。

「雄輔さんを見る目や態度を見れば一目瞭然なのに……意外と鈍いんですね」

それを言うなら麻友子だって、どうして雄輔から向けられている好意には気付けないいんだろうと、心の中で深い溜息を吐かずにはいられない。

「もし仮に……彼女が俺に好意を抱いていたら、そんなに光栄なことはないですよ」

「うふふ……雄輔さんもまんざらではないんですね」

「そりゃ、あれだけの美人ですから。その上、性格だって申し分ない。よほどの変わり者でもない限り、男なら誰だって喜ぶでしょう」

わざとおどけるように返し、言葉を一区切りつけたところで、表情を引き締める。

「だけど、彼女と付き合うかと言えば答えはノーですよ」

「え、どうしてですか、なにが不満なんです？」

「不満なんて、なに一つありませんよ。あるわけないじゃないですか」

「ならなにがダメなんです？」

半身を乗り出し、ますます瞳を輝かせる麻友子の手を取りしっかりと握ると、真っ直ぐに見つめた。

「他に好きな人がいるからですよ」

「どんな人ですか？」

力強く握り返してくれる麻友子の手に、念を送り込みながら言葉を続ける。

「年上で色っぽい人ですよ。胸が大きくて美人で、そのくせおっとりとしていて物腰柔らかで、お茶目な一面もあって……趣味も合うんですよ」

「うふふ、やっぱりオッパイさんなんですね」

決定的な単語は避けているとはいえ、まったく通じていないことに切なさを感じずにはいられない。

いっそ全部話してしまおうかという衝動にかられるが、作り笑いで誤魔化す。

「オッパイの嫌いな男はいませんから」

「でもそれじゃ、確かに彼女とは付き合えませんね。それで、その相手に気持ちは伝えないんですか？」

「まあ、色々と越えなければならないハードルがありまして……」

「大丈夫！　越えねばならぬ障害が多いほど愛は燃え上がる。貴公ならば成し遂げられると信じておるぞ！」

「いや、『魔法少女は恋したい』四話『魔法と愛と少女の気持ち』からセリフを引用されてもですね……」

「さすがです！　咄嗟にネタ元とサブタイまで出てくるなんて、やっぱり雄輔さんは素敵ですね」

「いやいや、こんなことで素敵と思われても……とにかく気長にいくつもりです」

「なるほど……上手くいくといいですね」

当の本人から励まされ苦笑していると、コーヒーを飲もうとした麻友子の指からカップが滑り落ちていく。

「きゃっ⁉」

短い悲鳴と共に、テーブルの上でカップは派手に砕けてコーヒーをぶちまける。

思わぬハプニングに動きを止めるふたりだったが、我に返った麻友子が頭を下げた。

「ごめんなさい、私ったら……」

「いいですよ、それより火傷しませんでしたか？」

「はい、大丈夫です。でもどうしたのかしら……急に力が抜けちゃって……」

布巾でテーブルを拭きながら、小さい溜息を吐く。

「疲れてるんですよ。今日はもう休んだほうがいいんじゃないですか？」

「そうね……そうさせてもらいます」

後片付けを手伝ってから、か弱く微笑む麻友子と別れて自室に戻る。

「好意に甘えて家事を任せ過ぎちゃったかな？　出来ることは自分でしないとな」

そんなふうに反省しながら、録画しておいたアニメを再生した。


エレベータを降り、ビルの入り口を目指して歩く。

ほどなくして、待ち合わせ場所で待つ彼女がこちらに気付き、満面の笑顔を浮かべる。

「ごめん、待たせちゃったかな？」

「いいえ、私もいま来たところですから」

そう答えてくれてから、結衣は初めて雄輔がひとりであることに気付いたようだ。

「あれ、作倉さんは？」

「なんか課長から頼まれてた用事を思い出したから、ふたりで行ってくれだってさ」

「そ、そんな、聞いてませんよ⁉」

なぜか慌てる姿に雄輔はクスリと笑う。

「そりゃ急に言いだしたからね。どうしようか、ふたりっきりが嫌ならランチは作倉がいるときに改める？」

「い、いいえ、せっかくですからご一緒します」

「OK。それじゃ、案内してくれる？」

「はい」

恥じらうように頷き歩き出す結衣の隣りに並び、歩幅を合わせて歩く。

「この前はプレゼント選びに付き合ってくれてありがとうございます。おかげさまで父も喜んでくれました」

「少しはお役に立てたみたいで良かった」

「少しだなんてとんでもない、いくら感謝してもしきれないほどです」

「あはは、大袈裟だよ」

他愛のない会話を交わしつつ会社から歩くこと十分、雑居ビルの隙間を縫って裏路地へと進む。

普段の行動範囲内にある場所にも関わらず、これまで一度も足を踏み入れたことのない一角だ。殺風景な周囲とは似つかわしくない、小綺麗な店の前で結衣は足を止めた。

「ここです」

「驚いたな、こんなところに雑誌に載るような美味しい店があるなんて」

「ラッキーですよ。いつもなら行列が出来てるのに誰もいないなんて」

「そりゃ確かにラッキーだ。じゃあ、今のうちだね」

「はい、今のうちです」

頷き合い、ふたりはドアを引いた。

行列こそなかったが、店内は既に客で埋め尽くされていて、談笑する声がそちこちから聞こえてくる。

それでも運良く、窓際にいたひと組の客が席を立ったのですぐに案内され、メニューに目を通すことができた。

「オススメは？」

「なにを食べても美味しいんですけど、男の人ならAランチだと思います」

結衣オススメのAランチは、ハンバーグ三百グラムと牡蠣とエビのフライ、付け合わせのナポリタンとサラダ、さらにスープがついてきてご飯の大盛りおかわりは無料と、確かに男には嬉しい内容のようだ。

「凄いな……これで五百円？　普通に安くない？　こんなんで利益出るのかな？」

「どうなんでしょう。詳しいことはわかりませんけど、味は保証しますよ」

それぞれが注文を終え、改めて一息吐いた。

店の内装は小綺麗ではあるが、変にお洒落ぶったふうでもなく街の洋食屋といった佇まいで、自然とくつろいだ気分にさせてくれる。

やや女性客のほうが多いが、男性客もけして少なくはなく、雰囲気はとてもいい。

「いい店だね。よく来るの？」

「同僚とたまに」

「そうなんだ？　それじゃ、もしかしたら同僚と鉢合わせるかもね」

言われて初めてそのことに気付いたのか、結衣は慌ててキョロキョロと店内を見回しホッと安堵の溜息を吐く。

「大丈夫ですよ。誰もいません」

「やっぱり、誰かに見られたら面倒だよね」

「え⁉　そ、そそそ、そんなことはないです！　別に大丈夫です！」

耳まで真っ赤にして否定する姿に、微笑ましさと気恥ずかしさがこみ上げる。

結衣が自分に好意を抱いていることは自覚していた。だが麻友子に指摘されたことにより、いっそう意識してしまっている。

こんなに綺麗な子が自分を好きでいてくれる。嬉しくて誇らしくて悪い気はしない。麻友子にはああ言ったが、報われる見込みの薄い片思いよりも、彼女を選んだほうが幸せになれるのではないかと一瞬ではあるが気持ちが揺らいでしまう。

脳裏をよぎる気の迷いを追い払おうと、雄輔は頭を横に振り話題を変えることにした。

「結衣ちゃんは、休日どんなふうに過ごしてるの？」

「え？　休日ですか？　そうですね……散歩をして部屋の掃除をして、それから読書ですね」

「へ〜、読書家なんだ？」

「こう見えて、学生時代は文芸部だったんですよ」

「そうなんだ？　ちなみにどんな本を読むの？」

「どんなジャンルでも読みますけど、好きなのは歴史小説ですね。特に平安から鎌倉時代にかけてのものが好きです」

「渋っ！　幕末とかじゃなくて平安鎌倉って……なんか見かけによらないな……いい趣味してるね」

「友達にもよく言われます。だけど逆に、どんな本なら見かけどおりだと思います？」

「やっぱり恋愛小説かな？　なんか女の子ぽいし」

「恋愛小説ですか？　嫌いじゃないですけど、むず痒くなっちゃうんですよね……恥ずかしくて、きゃーって赤面しちゃうんです」

顔を真っ赤にする結衣を想像し、思わず頬が緩む。

「木村さんこそ、週末はどんなふうに過ごしてるんですか？」

当然の返しと言えば返しだが、素直に答えていいものかと躊躇ってしまう。

だが、格好つけたところで仕方がないという思いに辿り着いた。

「録り溜めてた番組を見たり、ＤＶＤを借りてきたりかな？」

「どんなテレビ番組がお好きなんですか？」

小さく息を吐き、結衣の顔を真っ直ぐに見つめてから、問いに答えるべく口を開く。

「アニメだよ」

「アニメ……ですか？」

もしこれで嫌われるようなら仕方がないと覚悟を決めた言葉に、結衣はいつもと変わらない口調で返す。

「アニメのことには詳しくないんですけど、録画してまで見たいと思えるなんて、よほど面白いんでしょうね」

好意的な反応に一瞬合わせてくれているのかとも思ったが、結衣の表情には嘘はない。

「うん、面白いよ。いい年してアニメかよって言う人間も多いけど俺は大好きなんだ」

「年は関係ないんじゃないですか？　それより好きと胸を張って言えるものがあるなんて素敵なことだと思います」

「あはは……知ってはいたけど結衣ちゃんはいい子だね」

「そ、そんなこと……」

　恥ずかしそうに視線を泳がせ、お冷やに口をつける。

「だけど、そんなに面白いんですね。私の知らないところに素敵なものはたくさん転がっているんだなって、改めて気付かされました」

「今までまったく見たことないの？」

「小学校の低学年くらいまでは見ていたような気もしますけど、そこからは触れてきてませんね」

「それじゃ、やっぱり漫画やゲームなんかにも触れてこなかった感じ？」

「そうですね……ゲームはスマホのアプリでパズルゲームくらいはしますけど」

　どこか申し訳なさそうな結衣だったが、すぐに真っ直ぐな瞳を向ける。

「木村さんが面白いって言うものなら私も興味あります。教えてくれませんか？」

「うん……それじゃ、仕事が終わったらちょっと付き合ってくれる？」

「え？　あ……お願いします！」

結衣が力強く頷いたところで、食欲を刺激する美味しそうな料理が運ばれてきた。

就業後、結衣を連れて会社近くのレンタルショップへ赴き、少し以前に話題になったアニメを勧めた。

萌え要素は皆無で初心者にも取っつきやすい上、作品の舞台が平安時代となればこれ以上彼女向きの作品はないだろう。

初めて借りたアニメのＤＶＤにウキウキしているのが、隣に立っているだけで伝わってきて嬉しくなる。

途中の駅でホームへと降りる結衣を見送り、雄輔はそのまま電車に揺られて帰宅する。寄り道をすることもなく、アパートへと帰ってきた。

見上げる先にあるのは明かりの灯った自室。自然と早足になり階段を二段飛ばしで駆け上ると、一気に扉を開き室内になだれ込む。

「ただいま帰りました！」

「おかえりなさい、お仕事お疲れ様です」

鍋をかき混ぜながら振り向いた麻友子が、笑顔で出迎える。

「いい香りだ。今晩はカレーですか？」

「はい、正解です。ちょうど出来たところですけど、すぐに食べますか？」

「もちろんいただきます」

「それじゃ、用意をしますね」

テキパキと動く麻友子を一瞥し、洗面所でうがい手洗いをすませて席に着くと、湯気に乗った食欲を刺激する香りが鼻腔を刺激する。

「美味しそうだ……いや、麻友子さんが作ったんだから美味いに決まってる」

「うふふ、それじゃいただきましょうか」

「いっただきます！」

手を合わせてからスプーンを取ると、熱々のカレーを口の中へと放り込む。

口内いっぱいに広がるスパイスの風味が鼻腔を抜け、舌に絡まるルーがえも言われぬ旨味を醸し出す。

「美味い！　思ったとおり最高に美味いです！」

「褒めすぎですよ。ごくごく普通のカレーなんですから」

そう言いながらも、まんざらでもない顔で麻友子もカレーを口へと運ぶ。

「麻友子さんの美味しいご飯を食べられるだけで、毎日幸いっぱい腹いっぱいです。永遠にこの幸せが続けばいいのになぁ」

パクパクとカレーを食べる雄輔に、麻友子は微笑む。

「喜んでもらえてなによりですけど、彼女ができたらそんなふうに思わなくなりますよ」

「大丈夫です。それは絶対にないですから！」

「雄輔さんが好意を抱いている女性は、料理が苦手なんですか？」

「いいえ、家事全般パーフェクトに近いです」

「なら、もしお付き合いすることになったら、彼女の手料理を食べたいと思うんじゃ？」

「それは思いますけど、大丈夫に出来てるんですよ」

「よくわかりませんけど……」

「なによりただの片思いですから……付き合えるかどうかはわかりませんよ」

「そんなこと……雄輔さんのような素敵な男性に思われて嫌だと思う女はいませんよ」

「だといいんですけど……なんにしても越えなきゃいけない問題が多すぎて、すぐにどうこうってことはありませんよ」

「そうですか……」

先ほどまでの元気が目に見えて失われていることに気付いたが、なぜかそれを聞いてはいけないような気がして雄輔はカレーを食べ続けた。

「とてもとても面白かったです！」

電車に乗り込む雄輔の顔を見るなり、興奮気味に結衣が話しかけてきた。

「あー、『平安恋模様』のこと？」

「はい！　正直侮っていました。まさかあんなに面白いなんて驚きです！　エンターテイメントにとんでいるのに時代考証もシッカリしていて終始感心しっぱなしで、三回も見返しちゃいました！　それでそれで、続きがどうしても気になって、近所の店で残りの巻も借りてきちゃいました！」

瞳を輝かせグイグイ距離を詰めてくる姿が愛らしい。

「そこまでハマるとは……オススメした甲斐があるよ」

「ありがとうございます、あんな素晴らしい作品に出会わせてくれて！」

「いえいえ、どういたしまして」

「凄いんですね。実写では表現できないようなこともアニメなら可能だなんて……どうして今まで触れてこなかったのかと後悔しちゃいました」

「なにかを始めるのに遅すぎるってことはないよ。これから素敵な作品と出会っていけばいいんだし」

「そうですよね！　これからも色々教えてください」

「喜んで」

「最近、前にも増して宮脇ちゃんと仲がいいじゃないか」

仕事が一区切りつき伸びをうっていると、ここぞとばかりに作倉がにやけ顔で声をかけてくる。

「お前は他の話題がないのか？　毎回同じ話ばかりしやがって」

呆れる態度を作倉は気にしない。

「仕方がないじゃないか、今一番ホットなニュースなんだからな」

「なにアホなこと言ってんだ。そんなことに気をとられてる暇があったら真面目に仕事しろ。この前も書類に不備が多いって、課長にお小言くらってただろ？」

「お～お、さすが仕事のできる男は違うねぇ～、最近ますます成績を伸ばしてるもんな、お前。同期のなかじゃ、完全に抜きん出てるもんな」

「お前は同期のなかでも、頭五つほど後方だけどな」

「いいんだよ。別に出世したいわけでもねーし。仕事は適当に、女遊びは豪快にが俺の信条なんだからな」

「やれやれ、大した信条だな」

話を切り上げ仕事に戻ろうとしたところで、雄輔の動きが止まる。

「……木村」

自分を呼ぶ低い声に席を立ち、声の主を見る。

「もしかしてお褒めのお言葉をいただけるんじゃねーの。君の働きはめざましい、金一封進呈しようってな」

からかう作倉を無視し、窓際に置かれた一際大きなデスクへと向かう。

「お呼びでしょうか課長」

厳つい顔の課長の前に立ち、緊張で背筋が伸びる。

ミスらしいミスをした覚えもないからお小言の心配はないとは言え、ただならぬ威圧感には馴れることがない。

ゴクリと生唾を飲む雄輔に、課長はコホンと咳払いをし口を開く。

「先ほど君に辞令が下った。来週から一ヶ月名古屋に行ってくれ」

「一ヶ月……ですか？」

「ああ、知ってのとおり来週から名古屋支社の営業が始まる。そこに指導員として赴き、教育に努めてほしい」

「……私のような若造が指導員ですか？」

戸惑う雄輔に、課長はうむと小さく頷き答える。

「確かに君は若い。だがここ最近の働きはめざましいよ。同期どころか課のなかでも群を抜いていると言っても過言ではない、十分資格はあると思うのだが？」

「恐縮です」

「それにこれは社長直々の辞令だ。優秀な社員に経験と実績を積ませろと……これがどういう意味かわかるか？」

「いいえ……」

いち平社員に過ぎない自分に社長が目を付けたという言葉が軽いパニックを引き起こす。

「期待に応えることが出来れば、出世コースに乗れるということだ」

「お、俺――私がですか？」

「チャンスは誰にでも巡ってくるものではない、無論引き受けてくれるな？」

「はい、謹んでお受けします！」

雄輔は勤勉ではあるが、けして出世欲が強いわけではない。安定した収入さえ約束されていれば問題はないと考える。

それでも出世すれば給料は増え、それは趣味に投資できる金額が増えることを意味する。

なにより仕事ができる男だと、自分が優秀なんだと、今は麻友子に思われたかった。


「え、名古屋に一ヶ月出張ですか？」

夕食後のコーヒーを堪能していた麻友子が、驚いたようにカップを置く。

「なにやら社長直々のご指名らしくて」

「凄いじゃないですか、期待されているんですね」

「にわかには信じられないけど、そういうことらしいです」

照れくささを誤魔化そうとカップを口元へと運ぶ。

「だけど寂しくなりますね……一ヶ月か……」

「ひとつお願いがあります」

そこで、噛みしめるように呟く麻友子へと自然と言葉が出た。

「改まってなんですか？」

「俺以外とは、セックスしないでください」

思いがけない言葉だったのか、麻友子は驚いた表情を浮かべ探るように言葉を紡ぐ。

「どうしてですか？」

「夫婦でも恋人でもないんだから、こんなお願いを出来る立場じゃないのはわかってるんですけど……俺以外の男が麻友子さんに触れるのはなんか嫌だ……すみません、すげー我が儘言ってますよね」

申し訳なさそうにしながらも麻友子の瞳から目を離さない雄輔に、彼女はこれまで一度も見せたことのない複雑な笑みを浮かべる。

「雄輔さんって、意外と独占欲が強いんですね」

「そんなことはないですけど……麻友子さんは別です」

「うふふ……そう言われると悪い気はしませんね」

言葉を切り熱い眼差しを向ける。そして雄輔の首に腕を回し抱きつくと、耳元で優しく囁く。

「私のお願いを二つ聞いてくれたら、雄輔さんのお願いも聞いてもいいですよ？」

「なんですか？」

「まず、名古屋に行くまで毎日満足するまで抱いてください。やり溜めです」

「それは願ったりです。それでもう一つは？」

「帰ってくるまでは射精禁止です。一ヶ月溜めに溜めた精液で、私の子宮を満たしてください」

「オナ禁ですか……わかりました。これで交渉成立ですね？」

「ええ……それじゃさっそく約束を守ってもらいますね。今日は気を失うまで抱いてください」

囁くように誘い、麻友子は耳たぶを甘噛みした。


「エッチな格好ですね」

パンツ一枚でベッドに腰掛けながら、シースルーのネグリジェに包まれた肢体をなめるように見つめる雄輔に麻友子は笑う。

「そういう雄輔さんの視線のほうが、よほどエッチじゃないですか」

「それは否定しませんけど、こんな素敵なものを見せられたら誰だってそうなりますよ。本当にエッチな身体だ……」

「もう何度も見てるんだから、飽きても良さそうなものなのに」

「麻友子さんは魅力的です。飽きるはずがない……一生独占し続けたいって思えるほど素敵です」

「ありがとう……あの人もそれくらい情熱的なら良かったのに」

麻友子の顔に一瞬影が落ちるが、すぐに何事もなかったかのようにいつもの微笑みを浮かべた。

「旦那さんがどうだろうと、俺は麻友子さんを女性として扱い続けますよ。約束です」

白い肌がほんのりと桜色に染まる。

「本当に今日は情熱的ですね……さすがにのぼせちゃいそう……」

「のぼせればいいじゃないですか、どうせ俺たちしかいないんです。誰に気遣う必要があるんですか？」

「そうですね。それじゃ遠慮なくサービスしますね」

チロリと覗かせた舌で唇を濡らし、露わになった雄輔の胸にキスをする。

くすぐったさに身をよじらせる雄輔の姿を一瞥し、そのまま唇を下へとずらしておへそに口づける。

徐々に下へ下へと進むキスは、やがて足を伝って、つま先へと辿り着く。

おもむろに指を口に咥えると、音を立ててしゃぶり出した。

「くすぐったい……ていうか、汚いですよ……」

「汚くなんかありませんよ……ちゅぱ……ちゅぱ……」

ネットリした舌使いで、足の指と指の間を丹念に嘗め回され、身体が震える。

「やばい……くすぐったい……んぅぅ……」

「うふふ……可愛い……ちゅぱ……あむぅぅ……はぁはぁ……」

つま先から全身にかけて走るくすぐったいという感覚が、次第に脳を蕩けさせるほどの心地よさへと変わっていく。

淫らな音を立てる唾液、足の甲に当たる温かな吐息、これまで経験したことのない感覚に呼吸が乱れる。

「足がこんな気持ちいいなんて、知らなかった……くぅぅぅ……」

「足は身体のなかでも敏感な場所だから……もっと感じさせてあげる」

指をしゃぶりながら手の平で太ももを撫で、パンツの隙間に手を滑らせペニスを握り締める。

「もうこんなに硬くして……」

嬉しそうに目を細めペニスをしごきだす麻友子。雄輔のことを知り尽くした彼女の愛撫は、身悶えするほど激しくて心地良い。

「くぅぅ……はぁ……はぁ……ゾクゾクする……ああぁぁぁっ……！」

「いつ見ても、感じてる姿が可愛くてそそるわね……」

「いやいや、麻友子さんのほうが遙かに可愛いで──んぅぅ……!?」

雄輔の反論を遮るように立ち上がり、大きな乳房を顔に押しつける。

固く突起した乳首が鼻の頭を擦り、幸福感が押し寄せる。

「ああ……もう、我慢できない！」

欲望をぶつけるように麻友子を抱きしめ、力任せにベッドに押し倒すと一気にパンツを脱がせた。

「うふふ、荒々しい」

「前戯は不要みたいですね」

固く閉ざされた割れ目から滴る愛液を確認し、亀頭を擦りつける。

「遠慮しないで、好きなようにして」

「初めからそのつもりですよ！」

言い終わると同時に腰を突き入れ、人妻の膣へとペニスをねじ込む。行く手を遮る肉の壁を力任せにこじ開け、子宮口にキスをする。

「はぁぁ……んんぅぅ……入れられただけでイキそう……」

「麻友子さんこそ、遠慮しないで好きなだけイッていいんですよ」

打ち震える麻友子の背中を撫でながら、ぬめる膣の感触に意識を集中させて腰を振る。

「一ヶ月もこのオマンコとお別れだなんて、拷問です」

「それは私のセリフよ……すっかりこのチンポの形を覚えたのに、ご無沙汰しなきゃいけないなんて……欲求不満でおかしくなりそう」

ペニスの感触を刻みつけようと腰をうねらせる麻友子。

その容赦のない締めつけが雄輔を襲う。

「約束を忘れないでくださいよ？」

「わかっているわ……そのためにも、毎日たくさん可愛がってもらわなきゃ……」

「麻友子さんが満足するまで、いくらでも……」

「嬉しい……んぅぅ……いまさら他のチンポで満足なんかできないもの……すっかり雄輔さん専用のオマンコになっちゃった」

更なる快楽を求めてうねる膣に翻弄されながら、必死に腰を振り続けていく。

突き入れるたびに波打ち、揺れるたわわな乳房を鷲づかみにすると、形が変わるほど激しくこね回す。

すると、指に吸いつく瑞々（みずみず）しい肌に浮かぶ汗と、乳頭から滲み出る母乳が混じり合い、すっかり汁まみれになってしまった。

「はぁはぁ……どこもかしこも濡らして……」

「もうすぐ精液まみれにもなるの……雄輔さんとどこまでも、グチョグチョになりたい」

「心配しなくてもしてあげますよ。洗ってもとれないくらい精液臭くね」

「もしそんなことになったら……一日中オナニーしちゃうかも……」

ウットリと瞳を蕩けさせ、一心不乱に腰を振る。負けじとひたすらにペニスを擦りつけ愛液をかき鳴らす。

溶け合うようにふたりは求め合い、快楽の果てを目指していく。

「ダメぇ……我慢できないかも……」

髪を振り乱し天を仰ぐ麻友子の頬を撫で、耳たぶを舐める。

いつもよりエロい下着も、たまらなく魅力的だった。

人妻の身体を自由に楽しんでいる罪悪感も、愛しさによって快感に塗り替えられていく。

「ダメよ……やっぱりもう……う、あああぁ」

「だから、我慢しないでイッていいんですよ」

「そうじゃないの……このチンポのない生活に耐えられる自信がないのよ……私も名古屋についていこうかしら？」

想像すらしていなかった言葉に、思わず動きを止めてしまう。

こみ上げる嬉しいという感情。自然と鼓動は高鳴り唇が開いていくが、言葉を発する前に遮られてしまった。

「なんて冗談よ。そんな真似できるはずないじゃない」

喉まで出かかっていた言葉を飲み込み、再び腰を振る。

どうにもならない憤りをぶつけるように荒々しく。余計なことを考える余地がないほど牡の本能に従い、快楽だけを求めた。

「あっあっあっ……はぁ……気持ちよすぎて……イク……イク……」

かき混ぜられ続けた愛液が白く濁り粘度を増していく。膣は急速に圧力を増し、ペニスに負荷をかけてくる。

「俺ももう……」

膨れあがっていく劣情。際限なく加速していくかのように思えた絶頂感も限界を向かえ、ふたり同時に身を震わせ果てた。

「イクぅぅぅぅぅぅぅぅっ！」

「俺も……うっくぅぅっ……！」

だが、まだまだ足りない気がする。もっと、麻友子を貪って、この身体を自分の物にしておきたかった。

愛液と精液が混ざった、ぐちょぐちょのオマンコからは、白濁した汁が零れている。

その罪深い光景さえも、雄輔をますます興奮させていた。

避妊は麻友子が気をつけているとは思うが、人妻マンコを孕ませてしまうのではという思いは、いつもある。それでも、気持ちのいいこの穴への射精は、止められない快感だ。

童貞から初めての体験が人妻で、すっかり甘やかされるままにセックスを続けてきた。

考えてみれば、中出し以外の記憶があまりないほどだ。旦那でさえも、生セックスはしていない。この場所に思い切り射精するのは、雄輔だけ。

「……はあぁ……雄輔さん……お願いです……」

麻友子もまだまだ、求めてくれている。

「いきます……くい、くうう……」

「あ、だ、ダメです……そこは……まだ、あああ、ひっ、ひぃいいい……あああ！」

お互いにイったばかりで、敏感なままの性器同士だ。

もともと感じやすい場所はわかっているが、そこをさらにいま攻めることで、自分自身も追い込んでいく。

「く、くうう、気持ちいいです……。オマンコ、気持ちいい……もっと締めてください。もっと俺を……」

「あ、はぁ、ふ、ふうう……あっ、感じすぎて……おチンポ凄い……です！　あ、ああ、もっとぎゅって、してあげますね……く、ううう」

言葉どおりに、膣口がまず締め上げられた。どこまでも柔らかな麻友子の身体とは思えないほどの収縮力。ピストンで擦るごとに、ペニスが千切られるような扱きにも耐えて、オマンコの奥へと突き込んでいく。

この穴で気持ち良くなりたい。

今はそれだけを考えていたかった。

エロ下着姿の人妻をぎゅっと抱き締めて、その香りを堪能する。汗ばんだ肌からは、最高のフェロモンが匂い立っていた。

白く美しいボリュームある尻。その奥にある子宮をイメージしながら、亀頭でこりっとした子宮口を突き、射精へと登り詰めていく。

孕ませたい。自分の精液で、麻友子を孕ませてしまいたい。

敏感すぎるペニスに力を込めて、力強い放出になるよう自分を叱咤した。

一段と太くなり、すぼまっていた膣口を押し広げるようにして突き進む雄輔。

「ああ、おっきくなってます……雄輔さん……きて……きてくださぃいい……やくそく……できるように……」

「いきます！　出しますよ！　生のチンコで、麻友子さんに中出しします！　俺の精子、オマンコで飲んで下さい！」

我慢をやめて、発射へと意識を向ける。

パンパンパン！　と、容赦なく、白い尻を紅く染めるように腰を打ちつける。

その中心、ぐちょぐちょのオマンコの奥へと、自分のすべてを吐きだした。

「い、イくっううう！　あ、あああ、で、でてます……あ、ゆ、ゆうすけ……さん」

「は、はあぁぁ……く、き、きもち……いい。オマンコさいこうです……あ、ぜんぶ吸われる……しぼられるぅうう……」

イキながらも、麻友子はまだまだ締めつけてくる。

その膣内の収縮で、まるでバキュームのように精液が絞り出されていた。

「のんでる……俺の精子、麻友子さんの子宮が、いっぱい飲んでるのがわかります……あ、ああ……入って……いってますよ……」

「はい……ゆうすけさん……。オマンコ……雄輔さんのものになっちゃいますね……」

繋がったまま折り重なるようにして、ふたりでいっしょに崩れ落ちる。

「はぁはぁはぁ……スッキリした。俺の……全部出ちゃいました」

ため込んでいたものを出し切った爽快感。好きな女性への中出しほどに充実したことなど、他に有るはずもない。

しかし麻友子は、最後の言葉は聞いてくれなかったようだ。

「じゃあ……スッキリしたところで、二回戦を始めましょうね」

「……ですよね」

性欲旺盛の麻友子には、これでようやく準備運動を終えたようなものなのだ。

約束の宣言どおりに雄輔は、疲れ果てて意識を失うまで身体を重ね続けた。

「我らが希望の星、木村雄輔の門出を祝って乾杯！」

「乾杯！」

賑わいを見せる居酒屋の一角に、作倉と結衣の声が響く。

作倉の呼びかけで急遽開かれた、名古屋行きを明日に控えた雄輔を囲む会。

とはいえ、主賓の雄輔と幹事の作倉以外で参加しているのは結衣のみだった。

「誰が期待の星だ、誰が」

ジト目を向ける雄輔を気にすることなく、ゴクゴクと喉を鳴らしビールをあおる作倉。

空になったジョッキをテーブルにドンと置き、ようやく雄輔の顔を見た。

「だからお前だって、出世したら美味しい思いさせてくれよ」

「バカ抜かせ、出世とか話が早すぎるんだよ。そもそも出来る保証なんか、なにもないってーの」

「そうかぁ、だって社長直々の抜擢だろ？　どう考えたって期待されてんだろ」

焼き鳥を摘まむ作倉に、結衣も同調する。

「うちの課でも噂になってますよ、未来の幹部候補だって。ここ最近の成績を見れば誰だって木村さんに期待しますよ」

「ほらな、わかったかホープ？」

焼き鳥の串をくわえたまま、からかうように作倉は口角を上げる。

「もし俺が出世したら、確実にお前は解雇か資料室送りだな」

「まただ社長～、つれないこと言わないで。どこまでもついていきますよぉ」

わざとらしく揉み手を擦る姿に結衣も笑うが、すぐに寂しそうに俯いてしまう。

「でも一ヶ月も会えなくなるんですね……」

「寂しいかい？」

枝豆に手を伸ばす作倉の言葉に、彼女は力強く頷く。

「もちろんです」

言い終えハッとしたした表情を浮かべたかと思うと、みるみる顔が真っ赤になっていく。

「本当、宮脇ちゃんは可愛いな」

「それに関しては同意だな」

「もぉ、なんですかふたりとも……」

男ふたりにからかわれ、ますます真っ赤になりながら誤魔化すように言葉を続ける。

「でも名古屋なんて遠いですね……」

「遠いって言えば遠いけど、新幹線を使えばすぐだって」

そこまで言って、作倉は閃いたとばかりにニヤリとした。

「なんなら週末とか泊まりで会いに行けばいいじゃん、そうすりゃ寂しくない！　俺ってば天才じゃね？」

「と、泊まりって……」

湯気が出そうなほど全身を赤く染める結衣を微笑ましく思いながらも、雄輔は再度ジト目を向ける。

「バカも休み休み言え、あまり結衣ちゃんをからかうなよ」

「いやいや、俺は大マジだぜ？　ナイスアイディアだと思わない？」

話を振られ縮こまる結衣だったが、それでも雄輔を上目遣いで見つめていた。

「泊まりは無理ですけど……メールや電話はしてもいいですか？」

恐る恐る聞く結衣に微笑みながら頷いた。

「もちろん、いつでも構わないよ」

雄輔の言葉に結衣の表情が目に見えて明るくなっていく。

「ありがとうございます！」

「別にお礼を言われるようなことじゃないよ」

「本当、宮脇ちゃんは可愛いなぁ」

「まったくだな」

「もぉ、ふたりとも……」

三人は笑い合い二度目の乾杯を交わした。

名古屋行きを明日に控えているということもあり、飲み会を早々に切り上げアパートに帰ってきた雄輔を出迎える麻友子。

荷物は既に宅配便で送っているため、これといって準備することもなく、残り少ない時間を目いっぱいセックスに費やした。

一ヶ月の間お預けになるという思いが、ふたりをいつも以上に燃え上がらせ幾度となく激しく絡み合う。

何度果てたのかも定かではない。精も根も疲れ果て、気付いたときには意識を失うように深い眠りに落ちていた。

鼻腔をくすぐる味噌汁の香りに反応して目覚めたときには、朝日は昇りいよいよ出発だと嫌でも思わされる。

ふたりで囲む食卓、いつもと変わらない麻友子。食べ終わった食器を片付け終えた彼女は『いってらっしゃい』と微笑みながら自室へと帰っていった。

ひとり残された雄輔はしばらくボーッとしてから手荷物をまとめ、名古屋に向かうべく部屋を後にする。

東京駅までの道中で脳裏をよぎるのは、仕事のことでも名古屋のことでもなく麻友子のことばかり。

わかってはいたが、どうしようもなく彼女のことが好きなのだと思い知らされる。

こんなことなら部屋を出たあと、もう一度顔を見ておくんだったと悔やむ雄輔の目に、信じられない光景が飛び込んできた。

「麻友子……さん？」

新幹線のホームに立つ麻友子が、名前を呼ばれ振り向く。

「よかった、会えて」

「え？　どうしてここに？」

ホッと胸を撫で下ろす麻友子とは対照的に、嬉しいと思う反面戸惑いを隠せない。

「最後にもう一度、顔を見たくて」

心が繋がったような気がした。

まさか自分と同じことを考えてくれていたなんてと、感動を禁じ得ない。

「それとこれ、良かったら新幹線の中で食べてください」

差し出された紙袋を受け取り中を覗くと、弁当が入っていた。

「え？　もしかして麻友子さんの手作りですか？」

「あり合わせで作ったから大したものじゃありませんけど……容器は使い捨てだから、そのまま捨ててくださいね」

「ありがとうございます。ありがたく頂戴します」

ホームに響く発車を告げるベルの音に、あわてて新幹線に乗り込む。

「お仕事頑張ってください、それと雄輔さんが帰ってくるのを楽しみに待ってますね」

「はい、では一ヶ月後に」

「はい、一ヶ月後に」

見つめ合うふたりを引き離すように扉は閉まる。

ゆっくりと走り出す新幹線。

手を振る麻友子の姿が完全に消えるまで、雄輔は扉の前から離れなかった。

こうなった以上、結果を残そう。

そして胸を張って麻友子の元へ戻ろうと、心に誓うのであった。

求め合う身体と心

「お先に失礼します」

同僚たちに挨拶をすませ、雄輔はタイムカードを押して出張先を後にする。

陽はすっかりと落ち、空は闇に覆われていた。

東京とは違う周囲の風景を横目に帰路につくと、途中のスーパーへと足を運ぶ。

ここには料理を作ってくてる相手などいない。毎度毎度ひとりで外食というのも出来れば避けたいと思い、お総菜コーナへと立ち寄ることが日課と化していた。

今日も、値引きシールの貼られた見切り品をカゴに放り込む。

「はぁ～、麻友子さんの手料理が恋しい……」

無意識に出る溜息に切なさを覚えつつ、会計を済ませ店を出る。

後方で自動ドアが閉まるのと同時に、まるで見計らったかのように電話が鳴った。

スマホの画面を見るまでもなく相手が誰か理解していた雄輔は、耳に当てると躊躇うことなく口を開く。

「お疲れ様、結衣ちゃん」

「お疲れ様です。木村さん」

名古屋に来てから早三週間、結衣は就業後の電話を一日も欠かしたことはなかった。

その生真面目さは、すなわち雄輔に対する思いの表れ、そう考えると申し訳なくもあり思わず言葉に詰まってしまう。

一瞬だけ産まれた沈黙を悪いほうにとってしまったのか、申し訳なさそうな声が聞こえてきた。

「すみません毎日電話して……これじゃまるでストーカーですよね？」

「謝る事なんてなにもないよ。むしろ俺のことを気にかけてくれる人がいるって、嬉しいもの」

スマホの向こう側で顔を輝かせている姿が想像できて、自然と口元が綻ぶ。

「再来週にはこちらに戻ってこられるんですよね？」

「うん。こっちも面白いだけど、やっぱり住み慣れた街が一番だ。なにより結衣ちゃんがいるしね、早く帰りたいよ」

「わ、私も……早く会いたいです……」

消え入りそうな声で、それでいて一生懸命な声に愛しさだけがこみ上げてくる。

孤独だと思えた岐路も、結衣のおかげで楽しい一時へと変わった。

「それじゃ今日はこれで……おやすみなさい」

「うん、おやすみ」

通話を終えたところで会社の用意したアパートへと着く。スマホをしまうことなく、ポケットから鍵を出し部屋の中へと入る。

「ただいま」

真っ暗な部屋に響く独り言、当然おかえりを言ってくれる相手などいない。

結衣との会話で上がった気分が沈んでしまいそうになるが、部屋の明かりをつけて、すかさずスマホを操作し耳に当てる。

三回目のコール音を前にして柔らかな声が鼓膜をくすぐる。

「おかえりなさい、雄輔さん」

「ただいま、麻友子さん」

鼓動がトクンと高鳴った。結衣との会話は楽しかったが、けっしてこんなことにはならなかった。

「ちゃんとオナ禁してますか？」

「そりゃもちろん！　溜まりすぎて夢精しそうな勢いですよ」

「うふふ。あともう少しの辛抱ですよ」

「ええ、この溜まりに溜まったもので麻友子さんのオマンコを溢れさせられる日が、楽しみです」

「私もです。早く滅茶苦茶にされたい」

寝るためだけの殺風景な部屋も、麻友子の声があるだけで華やいで見える。

会えない時間が愛を育むと昔の誰かが言っていたが、本当だなと思えるほどに想いは募っていく。

抑えきれないほど、狂おしく……。

麻友子との再会を励みに仕事に明け暮れる。

好きな相手と離ればなれになるという我慢を強いられておいて、結果が残せないことほど間抜けなことはない。一つ求められれば、二にも三にもして応え続けた。

その結果、想定以上の働きを見せることができて、支部長にこのまま名古屋に残ってほしいと引き留められるほどだった。

もちろん丁重にお断りし、東京へ戻れる日を指折り数えた。

そしてついにその日は訪れた。

新幹線を降りホームに降り立つ雄輔は、逸る思いに背中を押され一息吐くこともせずに、懐かしき我が家へと帰ってきた。

見上げた先には、灯りのついた麻友子の部屋。

早く会いたい、早くあの顔を見たい、声を聞きたい、温もりを感じたい、次から次へと溢れ出す感情は止まることを知らない。

いや、止める気などない。思うまま階段を明け上がりインターホンを押すことなく力任せにドアを開ける。

その瞬間、全身を襲う激しい衝撃。なにが起きたのか一瞬理解できなかったが、唇に重なる柔らかで甘い唇の感触に事態を飲み込んで、しがみつく麻友子を抱きしめた。

「はぁ……んぅぅ……ちゅぱ……ちゅぱ……んんぅぅ……」

熱い吐息を吐きながら舌を絡め、雄輔を求める麻友子。会話をする間も惜しいと言わんばかりに情熱的に舌を絡め、唾液をかき鳴らす。

久しぶりな麻友子の感触にペニスは勃起し、大量のカウパーがパンツに染みを作り出す。

抑えようのない劣情が本能をかき立てて、キスしたまま麻友子の身体を抱きかかえ、寝室に向かかとベッドの上に押し倒した。

やっと離れる唇。そこで初めて、ふたりの瞳が交差した。

「お帰りなさい、ちゃんと約束は守れた？」

「もちろんですよ。そういう麻友子さんこそどうなんです？」

「オナニーも我慢したわ……おかげで何度身体を持て余して眠れなくなったか、わかったものじゃないもの」

「もうお互い我慢の必要はありません、約束どおり、一ヶ月分の精液を注ぎ込んであげますよ」

「嬉しい……この日をどれだけ楽しみにしていたか……今日はとことん楽しみましょう」

淫靡な光を湛えた瞳を細め、麻友子は69の体勢になって尻をむけると、もどかしいとばかりに雄輔のズボンをパンツとを一緒にズリ下げる。

既に痛いほど勃起していたペニスが、支えをなくしバネのように飛び出した。

「こんなにガチガチにして……うふふ、もうヌルヌル……この凝縮されたオスの匂い……クラクラしちゃう……」

獲物を狙う獣のように舌なめずりをし、亀頭にキスをする。

それだけで……。

全身を貫く稲妻が思考を一瞬にして白く塗り潰し、ペニスを激しく痙攣させながら射精してしまう。

「きゃっ……」

天井に届かんばかりの勢いで飛び出した精液に、麻友子は驚きの声を上げる。

「凄い……こんなに勢いのいい射精は初めて見たわ」

「チンポにキスされただけでイッちゃうなんて……」

一ヶ月にも及ぶオナ禁生活が雄輔の全身を敏感にさせていた。

羞恥に震える姿を嬉しそうに見つめ、麻友子は飛び散った精液を指で掬い上げネットリと舌で舐め取った。

「まるでゼリーみたいに濃密ね……ああ、美味しい……もっとちょうだい」

再び亀頭にキスをし、残った精液を抉るように舌で舐め取るとそのまま口の中へと飲み込んでいく。

「くうぅぅ……やばい……気を抜いたらまたイキそうだ……」

射精したばかりだというのに、こみ上げる射精感を必死に抑え込む。

そんな雄輔をからかうように、麻友子は一切の手加減なしにペニスをしゃぶり始める。

「いきなりそんな激しく……くうぅぅ……はぁはぁ……」

絡みつくヘビのように竿を這う舌が、破裂しそうなほど浮かび上がった血管を撫で、カリ首を突く。

ただでさえ巧みな舌使いが、今日はいつにも増して激しく攻め立ててきて、やり場のない感覚に身を悶えさせる。

「くぅぅ……はぁぁ……やられっぱなしじゃ格好がつかない……。一ヶ月待たせた分、タップリとサービスしますよ」

止めどなく襲う快楽に何度も思考を停止させながら、目の前で誘うように揺れる大きな尻を包み込む下着を脱がせる。

露わになったマン肉が、濃厚なメスの香りを発しながらトロトロの愛液を滴らせていく。

「夢にまで見た麻友子さんのオマンコ、ずっと嘗め回したいって妄想してたんです」

「妄想なんてする必要ないわ。好きなだけ可愛がってちょうだい」

促されるまま秘部へと顔を近づけ、そのまま割れ目に鼻先を押しつけ円を描くように顔を擦りつける。

柔らかな肉の感触と絡みつく愛液、香り立つ匂いを肺いっぱいに吸い込む。

どんな香水よりも芳醇で心を鷲づかみにするフェロモンにクラクラしながら、割れ目に沿って舌をナメクジのようにゆっくりと這わせていく。

「あっ……あぁぁぁぁ……そんな焦らすような舐め方……あっあっあっ……」

「こんなに濡らして、まるでお漏らしですね」

「雄輔さんのせいよ……ちゃんと責任とってくれないと嫌よ？」

「喜んでいくらでも責任をとらせてもらいますよ」

自然と緩む頬。アイスを舐めるようの割れ目を這わせていた舌を巧みに使い、肉を左右にかき分け差し込んでいく。

同時に両手で尻肉を開くと、姿を現したアナルに指で撫でつけ、ゆっくりと体内に沈めていく。

「な、なにを……？」

「あまりにも可愛いアナルなんで、こっちも可愛がらなきゃって思ったんですよ」

「んぅぅ……入って……はぁぁぁ……ダメ……そんなところに入れちゃ……！」

「なに言ってるんです、前に俺のアナルを可愛がってくれたのは麻友子さんじゃないですか、あのときのお礼です。遠慮なく受け取ってください」

「そんな……あっ……あああぁぁぁぁっ……」

ズブズブと飲み込まれていく指を見つめながら、愛液をすくうように舌を動かす。

オマンコとアナルを同時に攻められ、麻友子は小刻みに震えながら一心不乱にペニスを貪る。

差し込んだ指をゆっくりと動かし、アナルを拡張していった。

「ところで、アナルセックスの経験はどうなんですか？」

「ないわよ……はぁぁ……クチュクチュしちゃダメぇ……」

「こっちは処女なんですね」

「なんだか意味深な言い方ね……。んんぅぅ……広げちゃダメよ……あああぁぁぁぁっ……！」

「クリトリスもこんなに腫らして……」

ニヤリと笑い、雄輔は剥き出しになったクリトリスを甘噛みする。

「ひゃぁぁぁっ⁉」

ペニスをくわえたまま崩れ落ちる麻友子。しかし雄輔は手を緩めることなくクリトリスを刺激して、アナルの拡張も進める。

「ダメぇ……そんな……はぁはぁはぁ……あっあっあっ……！」

押しつけられた胸から伝わる鼓動は激しく、手加減のない攻めに麻友子は肢体を震わせた。

呼吸が乱れ出し、口から漏れ出る喘ぎ声はすでに意味を持たない叫びへと変わっていた。そして、ガリッと強めにクリトリスを噛んだところで弾けたように身体を仰け反らせ、天に向かい絶頂の叫びを上げた。

「あっ……あああぁぁぁぁぁぁぁぁぁぁっ！」

勢いよく噴き出す潮が、雄輔の顔を激しく濡らす。

「ずいぶん盛大にイキましたね」

「はぁはぁはぁ……まるで空を飛んでるみたい……んぅぅ……」

蕩けまくった顔で麻友子は絶頂の余韻に浸る。

そのとき突然、電子音が鳴り響いた。

ベッドの横に置かれたサイドテーブルの上で、スマホが振動している。

気怠そうな動きで腕を伸ばしてスマホを手に取る麻友子だったが、一瞥しただけで電話に出ることなくベッドの上に放り投げる。

まだ鳴り止まないスマホの画面に映し出された名前には覚えがある。間違いなく、麻友子の旦那だ。

「出なくていいんですか？」

「いいのよ。今は貴方とのセックスを楽しみたいんだもの。さあ、約束どおり、私の子宮を精液で満たしてちょうだい」

息が止まりそうなほど美しい微笑みを浮かべると、お尻を向けて、再び俺にまたがった。自ら両手の指を尻に回して、秘部を開きながら誘う姿に、逆らうことなどできるはずもなかった。

「……だったら、遠慮しませんよ」

「ええ、さぁ……いっぱいしましょうね。今は、あなただけの身体なんですから。約束どおり、だれともセックスしてません。責任は……取ってくれるんですよね？」

「もちろんです。もういいって言ってくれるまで、何度でもセックスしましょう！　いっぱい、俺のチンコで喜ばせてみせます」

「あは、うれしいです……さぁ……」

一旦は気が削がれたが、雄輔からすればこの流れは歓迎すべきだろう。

愛すべき人が、旦那との会話よ自分を選んでくれたのだ。ここで奮起しなければ男ではない。

「麻友子さん……俺のを、もっとお願いします」

「はい……んん、精液臭くて……たまりません」

いきなり大量に出してしまったから、股間はきっとベトベトだろう。

それでも麻友子はまったく嫌がっておらず、俺のために着飾ってくれたらしい私服のまで、ペニスにしゃぶりついてくれている。

「くっ、あああ、まゆ……こさん……そんな」

「んん。う、んふっ……ふぅうう、ぶぽっ……」

いきなりのバキュームだった。

お尻の向こうで見えないが、きっとそこには、人妻が他人に決して見せてはいけないような、ひょっとこ顔があるに違いない。

一生懸命に吸ってくれる麻友子に応えるように、雄輔もオマンコを舐めつくし、アナルへの刺激も続けた。

出張中に何度も夢見た、温かな麻友子の体内の感触。

淫らな唇がペニスの茎を扱き、喉奥でも亀頭を刺激してくれている。

舌や指を突き込むことで、下半身の熱も充分に堪能できた。

「ん、むちゅ、む、うう……ふう、おいひい……ゆうふけはん……おいひいれす」

指でもしっかりと扱いてくれている。刺激の強さだけなら、オマンコへの挿入以上だ。

身体の上下で、しっかりと麻友子の柔らかさ、淫らな濡れ具合、そしてエロ過ぎる肉の感触を楽しみながら、雄輔はもう一度、射精へと向かっていく。

童貞をもらってくれた麻友子相手でも、亀頭へのキスだけで出してしまうというのはいかにも恥ずかしい。失態を打ち消すためにも、しっかりと射精で満足させたかった。

雄輔のモノを必死に咥えている麻友子に、いつも喜んでくれる精液をめいっぱい飲ませてやるのだ。

目の前にエッチなオマンコを眺めながら、雄輔は熱い感触の口内へと思い切り射精した。

「ふぐっ……ふ……んん、うむ……ん、ごく……ちゅ……ちゅうぅ……」

「あ、麻友子さん……吸っちゃ……いまは……ああ！」

喉奥へと精液を叩きつけて攻めていたつもりが、吸引で一気に立場が逆転した。

さらに麻友子は、敏感すぎる亀頭をなめ回し、最後の一滴の絞り出しまでを味わい尽くそうとする。

「ああ、おいしい……雄輔さんの……おいしいです……むちゅ、ちゅ、ちゅうう」

「ひ、ひう、ひぐっ……うう」

チュウチュウと亀頭に吸いつき、先端だけを咥えたままで舌を這わせてエラの周囲を舐め回してくる。

けっきょく、またしても情けない声になってしまったが、そんなことはどうでも良いほどの快感だった。

散々に再会を楽しんで、やっと落ちついたあと。

「美味い！　美味すぎて涙が出てくる！」

食卓に並べられた料理の数々を幸せそうに口へと運ぶと、麻友子が微笑んでくれる。

「大袈裟ですよ」

口の中いっぱいに頬張っていたものを飲み込み、お茶を流し込む。

「いやいや、大袈裟じゃないですって。あっちでは、毎日スーパーの見切り品ばかりだったから、死ぬほど美味く感じます」

「自炊とか外食はしなかったんですか？」

「俺に作れるもんなんて限られてますからね。それに外食する金があるなら、コミック買います」

「うふふ、雄輔さんに食べて貰いたくて作ったんですから、遠慮なくおかわりしてくださいね」

「そりゃもうありがたくいただきますよ！　久しぶりに激しい運動をしたせいで腹ぺこですから」

「本当に激しかった……何度も頭の中が真っ白になって、このまま死んでも構わないって思えるくらい気持ちよかったわ」

ウットリと目を細め、唇を舌で濡らす。

「死なれちゃ困りますよ。俺はもっと麻友子さんの身体を楽しみたいんですから」

「そうね。最高に身体の相性がいい相手に巡り会えたんですもの、死んでしまったらもったいないわ」

「……俺はなにがあっても、これから先も麻友子さんとの関係を終わりにするつもりはありませんから」

「彼女や奥さんができても？」

「なにがあってもって、言ったじゃないですか」

「素直に嬉しいわ……そんなに求めてくれるなんて」

真っ直ぐに瞳を見つめられ顔が熱くなっていくのを誤魔化すように、再びおかずを口いっぱいに頬張った。

「それで名古屋はどうでした？」

「面白い街でしたよ。だけどそれ以上に不満のほうが多くて」

「あら、なにが不満だったんです？」

「すぐには見られないアニメがあるんですよ。ネット配信してる作品ならいいけど、そうじゃないのは打つ手なし！　おかげで続きが気になって気になって！」

「それは確かに辛いですね」

納得したように麻友子は頷く。

「そんなわけで、しばらくはこっちで録画しておいたアニメを消化する日々ですね」

「それで、他の不満は食事ですか？」

「それも含めてのことです」

「掃除や洗濯を含めた家事ってことですか？」

「ですね。だけど、それも含めてもっと大きなものですよ」

「大きなもの？　降参です。なんですか？」

「麻友子さんがいないことが、一番の不満点でしたよ」

雄輔の答えに、麻友子はキョトンとしていた。

「私ですか？　それはつまりセックスができないから？」

「違うと言ったら嘘になるけど、もっと単純に、俺はこの数ヶ月で麻友子さんのいる生活が当たり前になってたから……。顔が見られないのは落ち着かないというか……とにかく会いたかったんです」

「あ、ありがとうございます」

戸惑いながらも薄らと麻友子は頬を染め、ふたりの間にいい空気が流れる。

しかしそんな雰囲気をぶち壊すように、電子音がまた鳴り響く。

現実に引き戻されたかのようにハッとした麻友子が、テーブルの上で振動するスマホを手に取る。

「あの人からだわ……」

ボソリと呟く声に、雄輔の胸は先ほどまでの高鳴りが信じられないほどざわついた。

スマホを手に取り席を立つと、一瞬だけ雄輔に視線を送り寝室へと消えていく。

いったい何を話しているのか気にならないわけがない。

だからといって、それを詮索する権利などないと歯ぎしりをしながら料理を口にする。

あれほど美味しかった料理は味を失い、心のざわめきは激しさを増していく。

いてもたってもいられない思いに押し潰されそうになったとき、通話を終えた麻友子が戻ってきた。

「どうしたんですか、怖い顔をして？」

雄輔の顔を見るなり、麻友子は驚いてそう言う。

「え？　怖い顔なんかしてました？　気のせいですよ、気のせい……ははは……」

口にしながら、説得力のない言葉だと自分でも思う。

本当のことなど言えるはずもないが。

「来週一週間ほど、こちらに帰ってくるそうです」

中断していた食事に戻り、世間話でもするかのように自然と語る麻友子。

「ああ……そうなんですか」

そう返すのが精いっぱいだった。

こみ上げる感情を必死に殺して食事を続ける雄輔だったが、思わず声が出た。

「あの！」

「おかわりですか？」

口を開いたまま固まってしまった雄輔を、不思議そうに見つめる麻友子。

「いえ、そうじゃなくて……そうじゃなくてですね」

「なんですか？」

「え～と、ですから…今日泊まってもいいですか？」

咄嗟に上手い言葉が見つからずそう返すのが精いっぱいだったが、特に疑われる素振りは見られない。

「もちろん構いませんよ」

「それじゃ、もう二つお願いしてもいいですか？」

「なんですか？」

「『王女戦記』録画してましたよね？　六話から見せてもらってもいいですか？」

「何かと思えば……もちろん構いませんよ。それでもう一つは？」

「おかわり、いただけますか？」

「ええ、いっぱい食べて下さいね」

翌日に仕事が控えているとは理解していたが、アニメ鑑賞は深夜にまで及んだ。

一ヶ月我慢していた続きが見られる喜びもさることながら、麻友子と共に過ごす時間がなによりも掛け替えのない事なんだと思い知った。

「おはよう、結衣ちゃん」

声をかけられ満面の笑顔で振り向く結衣。

花でも咲いたかのような可憐な微笑みに、思わずドキッとしてしまう。

「おかえりなさい」

「ただいま、毎日声は聞いてたけど、こうして結衣ちゃんの顔を見ると帰ってきたんだなって実感するな」

雄輔の言葉に結衣の頬に紅が差す。

「私もです……帰ってきてくれたんだって、今とても実感しています」

「ああ、そうだ……これ出社前に荷物を増やして悪いんだけどお土産」

「いいえ、ありがとうございます」

差し出された包みをしっかり受け取り、いったん視線を下に向け、結衣は意を決した顔を上げた。

向けられた眼差しがあまりにも真っ直ぐで、雄輔の鼓動は再び跳ね上がる。

「来週末、お暇ですか？」

「今のところ予定はないけど？」

「そ、それじゃ……デートしてくれませんか！」

密着しそうなほど詰め寄る結衣。不意に電車は大きく揺れ、バランスを崩す彼女の身体を慌てて抱き寄せた。

「あっ……」

溢れる吐息。腕の中にある温かで柔らかな感触にハッとして身体を離す。

経験は麻友子しかない雄輔だ。若々しい肉体に触れて、思わず興奮してしまうのは仕方ない。タクシーの中でも嗅いだ結衣の香り。そのかぐわしさにクラッとくるが我慢する。

「ご、ごめん……」

「いいえ……」

まるで学生のように双方赤面してしまい、場におかしな空気が漂う。

そんな空気を変えようと、コホンとわざとらしく雄輔は咳払いをした。

「デート？」

「ダメ……ですか？」

これ以上思わせぶりな態度をとるのはどうだろうという思いが一瞬頭をよぎるが、来週は麻友子の旦那がいるんだということを思い出す。

夫婦仲睦まじくしていると思うと、隣の部屋に居続けることは拷問に等しい。

それなら一時でも、そのことを忘れていたいという思いが広がっていく。

「ダメなんてことないよ。もちろん喜んで」

結衣の顔から緊張が解け、張り詰めていた空気が和らいでいく。

「ありがとうございます」

「お礼を言うのはこっちのほうだよ。こんな綺麗な子にデートに誘ってもらえるなんて、光栄の極みさ」

「綺麗なんてそんな……」

恥ずかしそうにモジモジする結衣に微笑ましさを感じつつ、まだ腕の中に残る柔らかな結衣の感触に、女性を意識せずにはいられなかった。

もし抱いてしまったら……どんなに気持ちがいいんだろうか。


「んじゃボチボチ帰るか、宮脇ちゃんのことよろしくな」

そしてそんな夜。雄輔を試すかのような状況が舞い込んでいた。

雄輔の活躍を知った同僚たちが開いてくれた飲み会で、またしても結衣が酔いつぶれてしまったのだ。

ニヤつく佐倉と別れ、タクシーに乗った。

肩にもたれかかり寝息を立てる結衣。その温もりに心地よさを覚えていると、時間はあっという間に過ぎ去って目的地に停車した。

運転手にすぐ戻ると伝え、前と同様に結衣を背負ってインターホンを鳴らす。

ほどなくしてドアが開き、結衣の母が姿を現した。

「まあ、この子ったらまた木村さんにご迷惑をかけて」

「覚えていてくれたんですね」

雄輔の問いに、結衣の母は嬉しそうに微笑む。

「そりゃこの子がうちに連れてきた……この場合連れてきてもらっただけど、初めての男の子だもの。それに、暇さえあれば木村さんの話ばかりなんですよ」

「そうなんですか？」

「ええ、これまで浮いた話のひとつもない子でね。心配していたのだけど安心したわ。そうそう、主人へのプレゼント選びに付き合ってくれたのよね？　ありがとう」

「いえ、大したことはしてませんよ。え～と、お邪魔しても？」

そのまま家の中へ入り、結衣の部屋を目指す。

灯りをつけて彼女をベッドに寝かせ、すぐに部屋を後にする。

どうしても柔らかな感触が残ってしまい、無防備に眠る結衣に後ろ髪を引かれたが、さすがに自宅ではどうしようもない。

　階段を降り一階に戻って来た雄輔を、結衣の母が出迎える。

「今日も、もう帰ってしまうの？」

「はい、タクシーを待たせているので」

　雄輔の言葉に残念そうな表情を浮かべるも、すぐに微笑みを取り戻す。

「一度ゆっくりお話がしたいわ。よかったら遊びに来てちょうだい」

「機会がありましたら」

「あの子ももう大人だし、余計な口出しをするつもりはないけど、これからも結衣と仲良くしてあげてね」

「はい、もちろんです」

「その言葉を聞けて良かったわ。おやすみなさい」

「では失礼します」

　恭しく頭を下げ宮脇家をあとにした。

　走り出すタクシーのシートにもたれかかり、思いに耽る。

　どうやら結衣だけではなく母親にも気にいられているようだ。

　しかし自分は彼女らの期待に応えられそうにない。

　もし麻友子が隣りに引っ越してこなかったら、麻友子より先に結衣と知り合っていたなら、きっと違っていたに違いない。

だが少なくとも今、雄輔の心の中にいるのは間違いなく麻友子だった。

結衣を思い切り抱きたいとは思う。寝顔にキスしたいとも思った。

しかし、頭のどこかに麻友子への思いが残り、今はまだ自分に嘘はつけなかった。

このまま麻友子との関係を続けるべきか。

純真な思いをぶつけてくれる結衣とのことを、真剣に考えるべきか。

性欲と、純愛と、世間体。いまだに届かない思い。

いろいろと考えを巡らせているうちに、アパートに到着してしまう。

「雄輔さん？」

タクシーを降りるのと同時にかけられた声に振り向くと、コンビニの袋を手に持った麻友子が立っていた。

「買い物ですか？」

「ええ、トイレの電球が切れてしまって」

「なるほど……よかったら俺が変えましょうか？」

「いいんですか？　助かります」

「いえいえ、いつもお世話になっていることに比べればたいしたことじゃありませんよ」

「うふふ、ではお願いします」

単純な作業への感謝以上に嬉しそうな麻友子。その笑顔を信じたいと思う。

電球を替え終わってリビングに戻ってきた雄輔を、コーヒーの香ばしい匂いが出迎えてくれる。

「ありがとう。やっぱりこういうときに男手があると助かるわ」

微笑む麻友子に微笑み返し、いれたてのコーヒーをご馳走になる。

上げた視線の端に飛び込んできた写真立てに、チクリと胸が痛んだ。

「旦那さんと……どこでお知り合いになったんですか？」

これまで気になってはいたがけっして聞いたことのない問いが、自然と口からこぼれ落ちた。

実際問題、なんでこんなに年上と？

ふたりの年齢差を考えれば、出会いの場など限られているだろう。いったいどういう経緯があれば結婚に至るのか、知りたくないはずがない。

「どうしたんです、突然？」

「いや……少し気になって……。立ち入ったことを聞いちゃいましたか？」

バツの悪さにコーヒーをすする。慌てて流し込んだせいで舌先が火傷をおこしかけ、むせてしまった。

「いいえ構いませんよ。あの人とはお見合い結婚なんです」

予想外の言葉に驚きを隠せない。

麻友子のことだから、熱烈な恋愛結婚をしたものとばかり思っていたのに、まさかお見合いという言葉を聞くことになろうとは。

「そんなにおかしいですか？」

戸惑う雄輔の耳に、すねたような声が響く。

「いえ……あの……てっきりドラマばりの大恋愛結婚なのかと思い込んでいて」

「うふふ、友達全員にも、らしくないって言われました」

「でしょうね……」

「最初は乗り気ではなかったんですけど、色々あって結婚することに決めたんです」

かなり端折られた言葉に、色々とは？　と思いながらも飲み込む。

「今までに出会ったタイプとは違ったから、強く惹かれてしまって……だけどあの人はどう思ってくれてたんでしょうね」

力のない言葉に胸がざわつく。

「もちろん旦那さんだって惹かれたはずです。そうじゃなきゃ、結婚なんてしないでしょ？」

「そうですよね」

か細い笑みに形容しがたい感情が渦巻くが、上手い言葉が思い浮かばず雄輔はコーヒーを飲み続けた。

「よう、昨日あの後どうだった?」

出社してきた雄輔をいつものニヤケ顔で出迎える作倉。

「どうってなにがだよ? お前はいつも言葉が足りないな」

作倉を見ることなく席に着き、仕事の準備を始める雄輔に言葉が続く。

「わかってるだろ。もちろん宮脇ちゃんのことだよ。いい雰囲気になったりしなかったのか?」

「ご期待を裏切ってなんだが、彼女は終始お休みで、そんなイベントは発生しなかったよ」

「発生しなかったじゃねーだろ、自分で発生させろよ。ホテルに連れ込むとかいくらでもやりようはあるだろ?」

「前にもそんなこと言ってたけど、できるわけないだろ。お前と違って外道じゃないよ」

「俺だって寝込みを襲うような卑怯な真似、しねぇっつーの」

「お前は俺に、その卑怯者になれと言っているんだと、理解してるんだろうな?」

「じゃあ、宮脇ちゃんのなにが不満なんだよ?」

「不満なんてあるわけないだろ、あんな素敵な子、滅多にいないよ」

「ならよ――まあ、いいか、俺が口を挟むようなことじゃねーしな」

「そうそう、お喋りはお終いだ。今日もシッカリ働くぞ」

「へ～い」

ようやく前を向き仕事に取りかかる作倉に、溜息が溢れる。

いったいなにを期待してるんだかと呆れつつ、雄輔も業務を開始するのであった。


東京に戻って早一週間、公私ともに充実していた。

日々の業務は滞りなく十二分な成果を上げ、家に帰れば麻友子が出迎えてくれる。

まさにこれ以上ない幸福のなかに雄輔はいた。

だがそれも、その瞬間までのことだった。

業務を終え、寄り道することなくアパートへ帰ってきた雄輔の目の前で止まるタクシー。

開かれたドアから出てきた男の姿に、思わず固まってしまう。

雄輔に気付いた男はその場で軽く会釈をする。

「お仕事帰りですか？　お疲れ様です」

丁寧な口調で語る麻友子の夫に、胸がざわつく。

「はい、ありがとうございます……戻ってこられたんですね」

かろうじて平静を装いながら大人の対応で返すことができたが、ざわめきがおさまることはない。

「ええ……それでは」

短く告げると旦那は歩き出し、麻友子の部屋へと姿を消していく。

雄輔は一歩も動けず、ただその光景を見守っていた。

次第にさまざまな感情が噴き出す。一方的な思いだと理解しながらも、大きくなる嫉妬心を抑え込むことはできない。

この場にいたくない、夫婦仲睦まじくしているあの部屋の隣へと戻りたくない。

気付けば、踵を返して来た道を戻っていた。

どうやって時間を過ごしたのか覚えていないが、再びアパートに戻ってきたのは終電がとうに過ぎた深夜だった。

見上げた麻友子の部屋に灯りはなく、まだ消えないざわめきに急かされるように自室へと駆け込み布団のなかへと飛び込む。

真っ暗な部屋で耳を澄ませば、壁の向こうから自分以外に向けられた熱い吐息が聞こえてきそうで、耳を押さえたまま眠りに落ちた。

雄輔の心とは裏腹に澄み渡る青い空。日差しは暖かでかっこうのデート日和。

そして視界の先には笑顔で待ち受ける美しい女性。

麻友子の夫が来てから今日まで、心穏やかだった日など一日たりともなかった。

毎日が嫉妬の連続で、今なにをしているのかと想像するだけで気が狂いそうになる。

だからといってそれを表に出すわけにはいかない。

デートに誘ってくれた結衣に対しては、なおさらのことだ。

心の霧を晴らすためにも、今日は一日、余計なことなど忘れてデートを楽しもうと心に誓った。

「おはよう、さすがに早いね。今日も一時間前到着？」

「はい、おかげで目的の場所も確認済みです」

「ほほ～、それで本日はどちらに？」

「漫画喫茶です！」

結衣の口からおおよそ出てくるとは思えなかった単語に驚くが、嬉しそうに瞳を輝かせる姿に、微笑ましさがこみ上げてくる。

「結衣ちゃんの口からそんな店が出てくるなんて驚きだな、本当に漫画喫茶でいいの？」

「はい、気になる作品がいくつかあって……さすがに全部買うわけにはいきませんから」

結衣に連れられ歩くこと約三分、駅近くの雑居ビルの地下に目的の場所はあった。

必要な手続きを終え、それぞれ目的の本を探す。

「あったあった『ワンダーぷりん』。前期アニメのなかじゃ結構好きだったんだけど、あの円盤の売り上げじゃ二期は期待できないし、原作に手を出しても問題ないよな？」

誰に言うわけでもなく本を手に取り、与えられた部屋へと向かう。

セキュリティー能力ゼロに近い扉を開け、半個室の中へ入り室内を一瞥する。

「おー、これがペアシートか」

普通の部屋よりもやや広い部屋に置かれたふたりがけのソファー。漫画喫茶を幾度となく利用してはいるが、ペアシート初体験の雄輔にとっては新鮮だった。

「なるほど……リア充のみに許された空間だ。俺には無縁だと思ってたけど、ここに足を踏み入れる日がくるとはな……俺も出世したもんだ」

ウンウンと頷き、ソファーに座り本をめくる。

「あー、アニメの続き、こういう展開になるのか……あの投げっぱなしエンドはマジでなかったもんな」

先の展開が気になり手が止まらない。

気付けばコミックの半分以上を読み進めていた。

「それにしても遅いな」

いまだ姿を現さない結衣を、いまさらながら心配する。

「もしかして迷子になってるのか？　迎えに行ったほうがいいか……」

手に持っていたコミックを置き、立ち上がろうとしたところで扉が開いて結衣が姿を現した。

「ずいぶん時間かかったね。迷子になってるんじゃないかって心配したよ」

「すみません、読みたい本がたくさんあって」

見れば手に持ったコミックは、少年・青年・少女向けと、一見バラバラに見えるラインナップだ。でも共通点があって、どれも歴史物で、すべてが一巻だった。

「なるほど、とりあえず一巻を読んで、面白い作品を絞り込むトーナメント作戦か」

「これでも絞ってきたんですよ。凄いですね、こんなに読みたい本があるなんて」

「喜んでもらえてなによりだよ。漫画喫茶に来た甲斐があるね。それにしても、まさかここまで漫画にハマるなんて」

「前に教えてもらった『平安恋模様』に原作があることを知って購入してみてから、もっと私の知らない名作があるんじゃないかって思うようになって」

「そっか、またそんな作品と出会えるといいね」

「はい」

満面の笑顔を浮かる姿に頬が緩む。

「それにしても凄いですね、漫画喫茶！　図書館並みの蔵書じゃないですか。それにそれに、ジュースも飲み放題だし、ソフトクリームまでありましたよ！」

興奮気味に語る結衣を微笑ましく見つめ、雄輔は自分の隣をポンポンと叩く。

「とりあえず座ったら？」

大きくはないソファーを一瞥し、結衣が恥ずかしそうに腰を下ろす。

「お邪魔します……」

沈み込むソファーは、どことなくエロスだ。肩が触れ合いそうなほどの距離に、結衣は赤面する。

「んじゃ、読書を楽しみますか」

「は、はい」

顔を真っ赤に染めたままコミックをめくる姿を確認し、雄輔もそれにならった。

流れていく穏やかな時間、ふたりの間には会話もなく、ただページをめくる音だけが流れていく。

だがしかし、かなり心地いいと思えた。

派手なことなど起きなくていい、会話が弾まなくてもいい。ただ触れあうことのできる距離に美少女と一緒にいるだけで、満たされるこの思い。

少なくとも今この瞬間は、今朝まで感じていた苛立ちは微塵も存在しなかった。

どれくらいそうしていたのかわからないが、時間を意識したのは不意に襲った空腹によってだった。

鳴りそうになる腹の虫を必死に堪え隣を見る。いつ持って来たのか、うずたかく積まれたコミックの山がそこにはあった。

　結衣のページをめくる速度から考えて、一時間や二時間で読み切れるとは思えない。外で食べるより少し割高になるが仕方がないかと、メニューに手を伸ばす。

「結衣ちゃん、そろそろ何か注文するけど、食べる？」

　声をかけられビクッと身体を震わせながら、結衣はコミックから目を離す。

「ここって、ご飯も食べられるんですか？」

「うん、結構メニューも豊富だよ」

　差し出されたメニューを受け取り、視線を落とす。

「本当ですね。こんなにあるなんて……あっ、デザートも充実してる」

「店によっては、シャワーやコインランドリーもあるんだよ」

「凄いんですね。その気になったら暮らせそう」

「実際ネット難民って社会問題になるくらいには、暮らしちゃってる人間いるしな」

「でも気持ちもわかります。これだけ多くの本に囲まれていたら、帰りたくなくなりますよね」

「あはは……それで、なんにする？」

「ん～、ふわとろ卵のオムライスにします」

「ＯＫ、それじゃ注文と」

備え付けの受話器を取りカウンターに注文を通して、再びソファーに座る。

そして再び穏やかな時間は、また流れ出した。


「へぇ～、こんなところがあったんだ」

漫画喫茶での一時を終えたあと、結衣に連れられやってきた公園。

繁華街からほど近い場所にあるにも関わらず、人の気配もなく喧騒は遙か遠い。

「私も今日知りました」

「あー、なるほど……それで、こんな寂しいところに来てどうするの？」

何気なく投げかけた問いだったが、結衣は深呼吸を繰り返すと、意を決したように真っ直ぐな視線を向けてくる。

これまでに見せたことのない強く優しい眼差し。薄暗い街灯に照らされた、ほんのり染まった赤い頬。聞こえてくる熱のこもった息遣い、彼女のまとう空気にその時がきてしまったと理解した。

今日までずっと先送りにし続けた、その時が。

雄輔が見守るなか、小刻みに震えながら結衣は告白した。

「好きです……助けてもらったあの日から……木村さんのことが好きなんです……」

予想どおりの言葉に胸を痛めながらも、疑問が口をつく。

「……助けてもらった？」

「覚えていませんか？　電車の中で痴漢に遭っている私を助けてくれたことを」

大切な思い出を語る優しい口調に、やっと蘇る記憶。

春のとある日、いつものように出社するべく乗っていた電車の中で、偶然痴漢行為を目撃してしまったことがある。

恐怖のためか目の端に涙を溜めながら、身体を硬直させて震える女性。彼女が抵抗してこないのをいいことに、下卑た笑みを浮かべた痴漢はスカートの上から尻を撫で回していた。あまりにも淫靡な光景だった。震える白い脚もまた、しっかりと覚えている。

雄輔はけっして正義感の強い熱血漢ではないが、それでも無抵抗の女性を放っておけるほど薄情な人間でもない。

卑劣な行為に対してこみ上げる怒りにまかせ、痴漢の腕を捻りあげた。

あのときは、らしくないことをしてしまったという恥ずかしさに、被害者の顔を真っ直ぐに見ることもできず逃げるようにその場を後にしてしまった。

「……ごめん、全然気付かなかった……」

「いいえ……助けてくれて本当にありがとうございました」

「いいよ、同じ男としてアイツが許せなかっただけだし……でもあのときの女性が結衣ちゃんだったなんて驚いたよ」

「会社で木村さんを見かけたときは私も驚きました……まさか同じ会社に勤めているなんて、夢にも思いませんでしたから」

「だろうね」

「それからは少しストーカーじみたこともしてしまって……木村さんの姿を捜して、用もないのに社内を歩いてみたり……率先して下のフロアの仕事を引き受けてみたり……。それなある日、木村さんを遠巻きに見ていた私に作倉さんが気付いてしまって……。それ以来、相談に乗ってもらう関係に……」

作倉の世話焼き婆ぶりに疑問を感じてはいたが、今ようやくその理由がわかった。

「すみません……引きますよね……自分でもどうかしていると理解はしていたんです……それでも木村さんに対する思いを抑えることができなくて……」

胸の前でギュッと拳を握り必死に訴えかける。そして全身から力を抜き、曇りのない眼差しへと変化させる。

「木村さんが名古屋に行って一ヶ月も会えなくて……とても会いたくて……どんどん思いが膨れあがっていって……やっぱり好きなんだってどうしようもないくらい思い知らされて……。今日一緒に過ごして思ったんです。ただ隣りにいられるだけで幸せだなって……この穏やかで優しい時間が愛おしいって。嬉しい気持ちが心を満たしてくれる……この掛け替えのない時間を失いたくない……こんなになにかを欲しいと思うのは生まれて初めてです。もしそれが叶うならどんなことだってできる、身も心もなんだって差し出せる……貴方は私の一番です……私は貴方が欲しい……好きです……大好きです……私とお付き合いしてください、お願いします！」

こみ上げる思いを吐き出すように告げられた言葉。いったいどれほど自分が思われているのか知らされる。

雄輔が麻友子に対して抱いているのと変わらない思いに、胸が押し潰されそうになる。

だからこそ答えないわけにはいかない。

込められた思いに、向けられた誠実さに真っ直ぐ向き合って。

きっと深く傷つけてしまうに違いない、悲しませてしまうに違いない。

もしかしたら恨まれてしまうかもしれないけれど、それでも自分の気持ちに嘘を吐くことはできなかった。瞬きすることなく見つめ続ける結衣の瞳を受け止め、ありったけの誠実さをかき集めて口を開く。

「ゴメン……好きな人がいるんだ。だから結衣ちゃんの思いには応えられない」

空気が凍るのを感じた。胸の痛みが激しさを増していく。

「俺を思ってくれてありがとう。本当に本当に嬉しい……もし彼女より先に君と出会っていたなら間違いなく喜んで今の告白を受けていた。……ううん、それより前にきっと俺から告白していた。結衣ちゃんと一緒にいられる時間が好きだ。君と一緒にいると心が穏やかになっていく。もし君と結ばれたなら、素晴らしいに違いないよ。結衣ちゃんが隣りにいてていくれるだけで幸せになれるに違いない……。どうしようもない片思いを続けるよりそのほうが建設的なのかもしれない。だけど、ごめん……。俺の一番は別にいる。たとえ報われない思いだとしても、自分の気持ちに嘘は吐けないから……だから、ごめん」

結衣は、雄輔の言葉を黙って聞いていた。瞳から溢れ出す大粒の涙を拭うことなく。

「そうですか……それなら仕方がないですね……ごめんなさい……」

白い頬を伝う涙が、地面に落ち消えていく。

「結衣ちゃんはなにも悪くない……悪いのは俺なんだ……」

「そんなことありません……だって仕方がないじゃないですか……それが誰かを好きになるってことなんですから……」

「結衣ちゃん……」

「すみません……今日はもう帰りますね……」

涙で顔をくしゃくしゃにしながらも、必死に作られる笑みに心が押し潰されそうになる。

立ちすくむ雄輔を残し、彼女は夜の闇へと消えていった。

帰ってきた真っ暗な部屋。雄輔は灯りもつけず玄関に座り込む。

頭の中に繰り返しよぎる結衣の悲しげな顔。

どうしようもないことだったとはいえ、簡単に割り切ることなどできない思いに叫びだしそうになる。

そのときだった。突然のスマホの着信音にビクリとする。

反射的にポケットからスマホを取り出し画面を見ると、表示された着信者名に慌てて通話ボタンを押した。

「はい、もしもし」

「今、大丈夫ですか？」

スマホ越しに聞こえる愛しい人の声。

この一週間、旦那に気付かれないよう距離をとっていた。会うことも話すことも避け続けてきた最愛の人。

結衣を悲しませた直後だというのに、聞こえてくる声に喜びを感じずにはいられなくて、そんな自分がたまらなく嫌だった。

「はい。それよりどうしたんですか？　旦那さんは大丈夫なんですか？」

「今帰ったところです……それで今から会えませんか？」

「大丈夫です！　それじゃ、すぐそちらに向かいますね」

通話を終えスマホをポケットにねじ込み、隣の部屋を目指す。

急かす気持ちに押されて、インターホンを鳴らすことなく扉を開けて室内へ入ると、麻友子がすぐに出迎えてくれた。

「すみません、急に会いたいだなんて」

「いいえ、俺も会いたいと思っていました」

「そうなんですか？　よかった」

ホッと胸を投げ下ろし、麻友子は微笑む。

が、なにか違和感を覚えた。どこかいつもの麻友子と違うと。

彼女を思い、見つめ続けてきた雄輔だからこそ感じ取れる不自然さ。

ただその正体にまではまだ、辿り着くことはできない。

「それで俺になにか用ですか？」

「抱いてください……壊れるくらい激しく……強く……強く……」

やはりなにかを感じながらも、雄輔は拒否できなかった。

自分自身も、今はすべてを忘れたいと思っていたのだから。


「はぁはぁ……んぅぅ……あっあっあっ……」

熱を帯びた甘い声が部屋の中に響き渡る。

お互いに相手の性器を、口と指を使って丹念に愛撫し続けて数十分。

溢れ出す体液でヌルヌルになり、淫靡な香りが充満していた。

「ひゃぁぁぁぁっ‼」

剥き出しのクリトリスに歯を立てた瞬間、肢体を激しく震わせ麻友子は本日五度目の絶頂を迎える。

競うように貪り続け、時間さえも忘れていた。

だが愛撫だけでは、麻友子が満足することはない。

だらしない呆け顔で後背位ポーズになって尻を突き出し、自らの指で秘部をひろげる。

「そろそろ……入れて……」

何度抱いてもどれほどペニスで擦り続けても、くすむことのないピンク色の膣から、ボタボタと愛液が大量にこぼれ落ちる。

糸を引く膣口にカウパーまみれの亀頭を擦りつけ、たまらず腰を突き入れた。

その瞬間、ペニスはなんの抵抗もなく一瞬にして根元まで飲み込まれる。

「きた……んぅぅぅ……一週間ぶりのチンポ……嬉しい……」

歓喜の声を上げ、身震いする姿は艶めかしい。

「一週間ぶり？　旦那さんとは、セックスしなかったんですか？」

「セックスどころかキスもしていません……んぅぅぅ……」

「へぇ～……」

唇を舌なめずりして、雄輔は限界寸前にまで膨張したペニスを押し込み、愛しい女性の子宮口を押し潰す。セックスしていないというなら、ここはまだ、雄輔専用のままだということだ。雄輔だけのオマンコだった。

じゅぶりと溢れ出す大量の愛液。

そのペニスの侵入に膣は喜び、急速に圧力を増していく。

「こんな具合のいいオマンコを味わわないなんて、信じられないな」

「はぁぁ……んんぅぅ……カリが当たって……そこもっとほじほじして……」

「麻友子さんのオマンコは、もう俺のものなんだね……旦那さんの分まで可愛がってあげますよ」

「お願い……ひゃぁぁ……あっあっあっ……擦りつけられて……ゾクゾクしちゃう……」

「もっともっとゾクゾクしてください、俺のチンポなしじゃ生きていけないくらい」

なおも圧力を増していく膣肉を存分に味わおうと、腰の回転を上げていく。

もちろん生挿入だ。自分のオマンコに遠慮などいらない。

亀頭のエラを肉ヒダに擦りつけ、膣内の隅々に我慢汁を塗りつけてマーキングする。

「あっあっあっあっ……凄い……おチンコすごい！」

「麻友子さんのオマンコも凄いですよ……チンポを締めつけて放そうとしない……何度もイッてトロトロなのに、少しもゆるゆるにならないなんて大したもんですよ」

「はぁぁ……いつもより感じちゃう……チンポの形までハッキリわかっちゃう……もっと

激しく……オマンコがバカになるまで犯し続けてほしいの……」

「本当にエッチですね。そんなに俺とのセックスが好きですか？」

「大好き……あっあっ……はぁぁ……余計なことをなにも考えなくていいもの……。もっと忘れさせて……はぁぁ……気持ちいいよぉ……」

なにをそんなに忘れたいのかと思いながらも、しっかりとエロい腰を掴んで、執拗なまでに荒々しく奥を攻め立てる。

快楽を求めて自らも腰を振り、自身の感じるポイントにペニスを誘導していく麻友子。

その貪欲な行為に負けじと、雄輔も柔らかな膣肉を抉り続けた。

「あっ……はぁぁ……チンポいい……もう雄輔さんのチンポだけあればそれでいい……ずっとずっとセックスだけしていたい……。はぁぁ……んんぅぅ……もっとバカになるまで犯されたいのぉ……。オチンポで、オマンコもっと犯してほしい……」

ヨダレを垂らしながら、淫らな言葉をまき散らす。

「今日はいつも以上にエロエロじゃないですか、そんなに溜まってたんですか？」

「そうよ……色んなものが溜まりに溜まって、吐き出さないと狂いそう……だから協力して……セックス漬けにしてぇ……」

「いいですよ。今日は俺も色々あって全部忘れたい気分なんです……ふたりでセックスのことだけ考えましょう」

「嬉しいわ……チンポ気持ちいい……はぁぁ……んぅぅ……！」

腰を突くたび溢れ出す愛液が、破れたストッキングに染みていく。

最初に我慢できなくなった雄輔が、ビリビリに裂いてしまったのだ。

麻友子は怒りもせず、むしろ興奮したようだった。

今日は本当に、犯されるかのような激しいプレイを望んでいるようだった。

ふたりの体液が混じり合い、部屋の中にすえた匂いが充満する。

それがよりいっそう、興奮をかき立てる。

「ひゃぁぁ……んぅぅ……バカになる……どんどんオマンコがバカになっていくぅ……」

「どんなバカになっても、俺はこのオマンコを使い続けますからね」

「嬉しい……あっ……あっあっあっ……はぁぁぁぁ……！」

どこまでも際限なく膣の圧力は増していき、麻友子の身体が小刻みに震え出す。

「オマンコ……麻友子さんのオマンコは……俺が使います。俺のチンコで犯しまくります！　寂しいオマンコ、いつでも入れて上げますからね！　俺専用のオナホにしてあげます」

「嬉しいよぉ……いっぱいセックスしたいのぉ……。オチンチンずっと入れてほしい」

「精子出します！　俺だけのこの穴に、毎日種付けします！　麻友子さんのエロマンコは、俺だけの射精穴ですから！」

言うと同時に激しい射精感が雄輔を襲い、高みを目指しラストスパートをかけた。

「あっ……あっあっあっ……イク……イッちゃう……またイッちゃうの……」

「こっちも限界です……くぅぅ……」

「一緒に……一緒にイッて……熱くて濃い精液でオマンコを汚してぇ……！」

髪を振り乱し歓喜に震える麻友子を見つめながら、こみ上げるものをさらに高めるため、肉のぶつかり合う鈍い音を響かせて、ただひたすらに腰を振り続ける。

脳髄は痺れ出し、余計な思考が頭の中から消えていく。

雄と雌の関係は簡単だ。

この気持ちいいオマンコに、子宮めがけて射精すればいい。そうすれば、麻友子は雄輔のモノなのだ。他の誰にも許されない、雄輔だけの生膣内射精。

麻友子の子宮も、子種を求めて下りてきている。

最奥での射精を待ち望むように、淫肉をめいっぱい締めつけてきた。

「あっあっ……んんぅぅぅ……もう……イ、ク……」

「はぁはぁ……麻友子さん……麻友子さん……でる、なかにでちゃいます……」

「もう……らめぇぇぇぇぇぇぇっ……！」

我慢に我慢を重ねたが、もちろん射精を遠慮したわけじゃない。最高の快感を得るために引き絞ったひと突きで、思い切り欲望を解放する。

「でてる……いっぱいなかに……ああ、すてき……いっぱい犯してくれるオチンチン……すてきなのぉ……」

身体を仰け反らせながら麻友子は六度目の絶頂を迎え、それに呼応するように雄輔も果てたのだった。

「なにかあったんですか?」

雄輔は服を着ながら、まだ精液を溢れさせる秘部を晒したままでベッドに突っ伏し続ける麻友子に声をかける。

「どうして、そんなことを聞くんですか?」

枕に顔を押しつけたままで答える麻友子。

「なんとなく、いつもと違うような気がして……」

一瞬の沈黙。

「そういう雄輔さんこそ、なにかあったんじゃないですか?」

再び流れる沈黙。

「あははは……べ、別になにもありませんよ」

「そうですか、それならいいんです」

「ただ……人生って上手くいかないもんだなって、それだけです。雄輔さん」

枕から顔を上げ、麻友子は雄輔に向かい笑みを浮かべる。

「そう……ですね……」


昨日に引き続き雲一つない快晴。

日差しも温かく、多くの人にとっては実に清々しい朝だろう。

だが雄輔にとっては、ただただ憂鬱な日でしかなかった。

いったいどんな顔をして結衣と顔を合わせばいいのかがわからない。彼女にしても自分を振った男の顔など見たくないかもしれないという思いが、心にどんよりとした雲を浮かべさせる。

「しばらく一本早い電車で出社するか……」

そんなことを考えていると、スマホの着信音が鳴り響く。

表示された名前に一瞬身も心も硬直してしまうが、すぐに我に返り通話した。

「もしもし……」

恐る恐る出ると、スマホの向こう側で小さく息をつくの感じて、言葉を待った。

「おはようございます。今日もいい天気ですね」

いつもと変わらない声に戸惑いながらも、口を開く。

「おはよう、結衣ちゃん……」

「出社前の忙しいときにすみません。少しお時間いただけますか？」

「うん……なにかな？」

「お願いですから私を避けないでください、難しいかもしれませんけど……できればこれまでと同じように接してくれませんか？」

心を見透かされ、ドキリと鼓動が跳ね上がる。

「いいの？　嫌な思いをしたりしない？」

「木村さんと距離ができてしまうことが一番辛くて悲しことですから……。だから、そんなこと言わないでください……」

「結衣ちゃん……わかった、君がそう望むならそうするよ」

「ありがとうございます」

スピーカー越しに聞こえる安堵の溜息に、また胸がチクリと痛む。

「一つ聞いていいですか？」

「なにかな？」

「片思いなんですよね、告白はしないんですか？」

思いがけない問いに一瞬言葉に詰まる。しかし彼女には話す義務があるような気がした。

「色々と越えなきゃいけない問題があって、簡単に告白することができないんだ。だけどいつかすべての問題を乗り越えて告白できたらと考えているよ」

「そうなんですか……頑張ってください、応援しますね」

「ありがとう」

振ったばかりの相手に応援されるという複雑な思いを感じながらも、結衣の優しさには頭が下がる。

「なにがあっても木村さんの味方です。その上で宣言させてください、私はまだまだ全然諦めていませんから！」

迷いのないハッキリとした口調で語られた言葉に思わず、え？　と素っ頓狂な返しをしてしまう。

「一晩色々悩んで考えてわかったことがあるんです。私はやっぱり木村さんのことが好きなんだって。好きなものは好きなんです。この思いだけは自分でもどうしようもなくて、無理に諦めようとするほうが不自然じゃないですか。だから今は友人のひとりとして仲良くしてください。ではまた後で、いつもの電車でお会いしましょうね。失礼します」

一方的に通話が切れた電子音を耳に、雄輔の口が笑みを形どる。

「……ありがとう、結衣ちゃん」

雄輔が思っていたよりずっと、結衣は強い女性だったようだ。

結衣に負けてはいられない。

そう思う雄輔だった。

一日の業務を終え、雄輔は本日発売のブルーレイを買いに池袋へと足を伸ばす。

待ちに待った劇場作品の発売に、自然とテンションは高まっていく。

ショップへの近道のため、メイン通りから横道に外れて裏を進んだ。

たった数メートルしか離れていないというのに、ガラリと変わる雰囲気。

賑やかなメイン通りのすぐ裏に点在するラブホテルに異質なものを感じつつも前へと進んでいた足が、ピタリと止まる。

最初はただの見間違い、人違いだと思った。

しかしすぐにそうではないと気付く。

雄輔に限って、彼女を見間違えるはずなどない。

見知らぬ中年男と共に、今まさにラブホテルへ入ろうとしている麻友子の姿に凍りつく。

最初によぎった感情は、なぜという純粋な疑問。次に戸惑い、そして――。

こみ上げる衝動に突き動かされ、ふたりの間に割って入り麻友子の腕を掴む。

突如現れた雄輔に麻友子は目を白黒させた。

「ゆ、雄輔さん⁉」

「な、なんだ君は？」

戸惑いの表情を浮かべながらも、中年男は抗議の眼差しを向ける。

だが雄輔は意に介すことなく逆に鋭い眼光で睨みつけにじり寄る。

「こいつの旦那だよ、文句あるのかおっさん？」

「だ、旦那……」

怒気を孕んだ圧力に、みるみるうちに顔を白くさせる男に鼻を鳴らし、雄輔は麻友子の腕を掴んだままその場を後にした。会話を交わすことなく歩くこと数分、大きな公園に到着してようやく掴んでいた腕を放す。

「いったいどういうことですか？　どうしてあんな男と……セックスをしたいなら俺とすればいいじゃないですか！　それとも飽きたんですか⁉」

冷静になろうと努めてはいるが、こみ上げる怒りに語気が強くなる。

そんな雄輔を悲しそうな瞳で見つめる麻友子の態度が、さらに心をざわつかせた。

「そりゃ俺はただのセフレですよ。だから麻友子さんがどこの誰と寝ようと文句なんか言える立場じゃない、そんなことはわかってる……わかってるけど……でもどうしてなんですか⁉」

悲痛な表情で訴える雄輔に、麻友子は俯き小刻みに震えだす。

「あの日……離婚を言い渡されたんです……」

突然の衝撃的な告白に、燃え上がっていた怒りの炎は一瞬のうちに消え去り、代わりに激しい動揺が襲う。

「好きな相手ができたから、もう結婚生活は続けられないって……離婚届を置いて出て行ってしまいました……」

麻友子の瞳から涙が溢れだし、次から次へと止めどなく頬を濡らす。

「浮気ならいいんです……自分もそうだから浮気ならいくらしてくれても気にしません……。でも本気はダメ……気持ちが私から離れて相手に移ってしまうなんて、耐えられない……」

雄輔との関係があっても、どれほど麻友子が旦那を思っていたかを知っている。

しかし、最近は確かに様子がおかしかった。

「我が儘な女なんです……自分が一番じゃないと嫌なんです……。一番に愛されていたいっていつも飢えていて……。だから愛されるようにあの人の前では完璧な妻であろうと頑張ってきたのに……あの人好みの女になろうと努力してきたのに……。子供さえできればきっと溝は埋められる……そう思っていたのに……あの人は子供を必要としていなかった。私にはあの人を繋ぎ止めるものがなにもない……そう思ったらもう全てがどうでもよくなって。誰でもいいから、こんな不良品の私を壊してほしかった……男の人なら誰でもよかったんです……」

顔を覆う両手の隙間から、滴り落ちる涙。

昨日、様子がおかしかったのはこれが原因だったんだろう。

だとしたらなんて大バカ野郎なんだと、己の間抜けさに雄輔は唇を噛む。

もし昨日の時点で気付いていれば、あのときもっとちゃんと話を聞いていれば、こんなに追い詰め、悲しませることはなかったのかもしれない。

どうにかしたいと心が叫び、そしてそれは声となっていた。

「俺は麻友子さんのことを、セフレではなくひとりの女性として愛しています。だから俺と結婚してください、そして俺の子供を産んでください！」

予想の遙に上をいく雄輔の言葉に、麻友子は泣くことも忘れて呆然としていた。

「な、なにを突然……いいんです……そんな無理に慰めてくれなくても……」

「無理でもなければ慰めてもいません。俺は俺の願望を一方的に話してるだけです。旦那さんにとって麻友子さんは一番じゃなかったのかもしれないけど、初めて出会ったときから俺の一番は貴方でした！　どうしても諦めることなんてできなかった」

雄輔はもう止まらなかった。

「誰でも良かったっていうなら俺を選んでください。もう、俺以外に身体を許さないでください。余計なことなんてなにも考えられないくらい抱き続けます。時間をかけてでも俺に惚れさせてみせますから！　そのときは、俺の子供を産んで欲しい」

じっと聞いていた麻友子だったが、思い詰めたように口を開く。

「……離婚を言い渡されたことはショックです……でも本当のことを言うと、こうなることは薄々感じていたんです……」

どこかおっとりした麻友子だが、旦那に気に入られようという気持ちは本当だったと思う。相手をよく見ていたのだろう。

「旦那さんが浮気すると？」

「いいえ、そうじゃないんです……浮気なんてされなくても……単身赴任がなくても、夫婦生活が破綻するんじゃないかって……。たまたまあの人から言い出しただけで……私だって……。なのにショックを受けているなんて……私こそ身勝手な女です……」

「まるで、麻友子さんがきっかけで離婚したかもしれないって聞こえますよ？」

「まるでじゃありません……離婚することがあるのだとしたら、きっとそれは私から言い出してだと思っていました……。だけど、そうは思っても最後まで、できることは全部しておきたかった……。あの人をもしかしたら変えられるんじゃないかって……結局無駄でしたが……」

儚く微笑む麻友子にドキリとする。

「セフレなんて言っておいて、笑うかもしれませんが……」

雄輔は黙って首を横に振った。

「ずっと昔から、暖かい家族に憧れていました……。だからこそお見合いもしたし、夫婦生活を守りたかったんです……。でもそう思う一方で、この人とは思い描いた家族になれないという思いがどうしてもあって……必死だったのかもしれませんね」

麻友子に少しずつ、表情が戻ってくる。

「今やっと、わかってしまいました。なんで知らない人とホテルに来るほどまで思い詰めてしまったのかを。ほんとうは、どうしたかったのかを……」

すっと、真っ直ぐな目で雄輔を見つめてきた。

「雄輔さんに出会ったからです……貴方と過ごす毎日は、私が思い描いた夫婦そのもので、駄目だと思いながらも少しずつ惹かれていってしまった……。そして今告白されて、気付いてしまったんです……。貴方への思いがいつの間にか、掛け替えのないものになっていたと……。こんな形ではダメでしょうが……それでも……私も貴方を愛していると伝えたいです……。叶わない思いなんだと勝手に諦めていたのに、こんなこと……信じられません」

「麻友子さん……俺が絶対幸せにしてみせます！」

「はい……幸せにしてください……」

見つめ合うふたりの瞳に、互いの愛しい人が映った。

目の前にいる、自分だけを思ってくれる人に愛しさがこみ上げて止まらない。

胸に広がっていく温かなものを感じながら、どちらからともなく唇を重ねた。

唾液の混じり合う音が部屋の中にこだまする。

お互いを求め情熱的に絡み合う舌と舌。

柔らかな唇を存分に堪能し、愛しい人の温もりを刻み込む。

ゆっくりと離れていく唇同士を繋ぎ止めるように、唾液の糸が垂れ下がりやがて切れた。

「不思議な気分です……」

潤んだ瞳の麻友子が、慈しむように優しく雄輔の頬を撫でる。

「どう不思議なんですか？」

「キスなんて今まで数え切れないほどしてきたのに……こんなにドキドキしたのは、初めてかも」

「実は俺も……。初めて麻友子さんとしたときもドキドキしたけど、あのときはとにかく興奮していたから……。だけど、今はドキドキしても、とても心が穏やかなんです」

「わかります。心が穏やかで温かで……幸せな気分……。さっきまであんなに落ち込んでいたのが嘘のよう」

「きっとこれが、心の通じ合った本当のキスなんですよ」

「本当のキス……キスでこれならセックスしたらどうなっちゃうのかしら……想像しただけでイッちゃいそう」

ウットリとした表情で麻友子は身をよじらせる。

「今日も最高にエロい顔です。麻友子さんは、本当エッチなんですね」

「エッチな女は嫌いじゃないでしょ？」

「ちょっと違いますよ。俺が好きなのは、エッチな麻友子さんだけですから」

「愛されてますね、私」

「もちろんですよ。俺が麻友子さんを愛さない理由なんてないんですから」

「愛してる……何年ぶりに聞く言葉かしら……。だけど今初めて聞いたくらいに新鮮で涙が出そうなほど嬉しい……」

暖かな眼差しを交わし、再び唇を重ねる。

麻友子の唇を堪能しながら、服の上から乳房を揉みしだく。

手の平の中で暴れる圧倒的な存在感。これまで幾度となく触ってきたにも関わらず興奮が止まらなかった。

いや、胸だけではない。どこに触れても初体験のとき以上の興奮が雄輔を襲う。

「ああ……我慢できない、早く麻友子さんの裸が見たい」

そして、繋がり合いたかった。

逸る気持ちを抑えきれず、麻友子の服をたくし上げ背中に手を回すと、すっかり慣れた手つきでホックを外しブラを床へ落とす。

「こんなに乳首を硬くして……」

姿を現した胸に顔を近づけ、舌先でペロリと乳首をひと舐めする。

「あぁぁあっ……」

ゾクゾクッと全身を震わせた麻友子が歓喜の声を上げる。同時に乳首の先から母乳が溢れ出した。

「おっと、もったいない」

母乳が滴り落ちそうになる刹那、雄輔は乳首にしゃぶりついて赤ん坊のようにチュパチュパと吸い上げる。麻友子の母乳体質も、雄輔にはたまらない魅力だ。

「はぁぁ……力強い……そんなに激しく吸われたら乳首が伸びちゃう……」

「大丈夫ですよ。もしそんなことになっても、俺の愛は変わりません」

「んぅぅ……本当、今日はいつも以上に情熱的……はぁ……はぁ……」

咥えた唇で乳首を転がし、舌先で先端を突き唾液を塗りたくる。

空いた乳房は手で揉みしだき、心地よい感触を存分に堪能した。

シットリと指に張りつくきめ細やかな肌。

力を加えた指先が沈み込むほど柔らかく、それでいてしっかり押し返すだけの張りがある。

時間も忘れ、夢中になって麻友子を求めた。

麻友子はすべてを受け入れ、雄輔の愛に浸ってくれる。

全身が性感帯になったような感覚に身を震わせ、耐えきれなくなった麻友子はパンツを脱いで、自ら女性器を慰め始めた。

「んぅぅ……こんなに濡れてる……」

割れ目に沿って指を上下させるたびに奏でられる愛液の淫靡な響き。濡れた指先で皮をむき、クリトリスを押し潰す。

駆け抜ける強烈な刺激に、瞳を蕩けさせ指を膣内へと沈めていく。乳首を攻める雄輔の動きに合わせるように、差し込んだ指が淫らに蠢き熱い吐息をまき散らす。

「くぅぅ……はぁぁ……はぁ……はぁ……」

「いつ聞いても素敵な声だ。その声だけで、ズボンの中が痛いくらいパンパンになりますよ」

「んぅぅ……それじゃ……介抱してあげないと……」

胸を攻められながら、麻友子が雄輔のズボンを下ろしパンツを脱がせてくれる。

束縛するものがなくなり、バネのように飛び出すカウパーまみれのペニスに、麻友子は熱のこもった眼差しを向けた。

「もうこんなになって……」

外気に触れて震えるペニスを指先でそっと撫で、しなやかな指で優しく包み込む。自分で女性器をいじりながら、熱っぽくペニスを扱きだした。

限界寸前まで膨張して、浮かび上がった血管を撫でる柔らかな指捌きに、雄輔の身震いは止まらない。

「はぁはぁ……麻友子さんの指、気持ちいい……くぅぅ……！」

「雄輔さんの感じている顔、可愛くて大好きですよ。もっと見せてください」

「あぁぁっ……そんなにされたら……はぁはぁ……」

敏感なところを刺激され雄輔が身悶えるたびに、膣に差し込んだ麻友子の指の動きが激しさを増していくのがわかる。

混じり合い溶けていくふたりの吐息、双方がいつ達してもおかしくないほどの快楽のなかにいた。

「はぁ……くぅぅ……ヤバイくらい気持ちいい……」

「はい……気持ちよすぎてイッちゃいそう……」

「ダメですよ。自分の指なんかでイッちゃ……イクなら俺のチンポでイッてください」

「わかったわ……それじゃいいでしょ？　もう入れて……雄輔さんのチンポでズポズポしてぇ……」

「本当に、エッチなんだから」

微笑む麻友子にキスをして、彼女の足を持ち上げる。

半開きの女性器から溢れ出す愛液を絡めるように亀頭を押しつけ、ゆっくりと腰に力を込めていく。

「熱いわ……火傷しちゃいそう……」

「こんなに濡れてるんです。大丈夫ですよ」

爆発寸前のペニスが、トロトロに潤みきった膣へと飲み込まれていく。

どれだけ経験を重ねても襲いくる快楽に馴れることはない、挿入した先から絡みつき、締めつける膣に目の前が一瞬白く染まる。

「最高のオマンコだ……これからは本当に、俺だけのものですからね？」

「もちろんです……雄輔さんのチンポ以外もう必要ありません……身も心も貴方さえいてくれれば、それだけで満たされるから……」

「愛してますよ、麻友子さん」

「私も愛しています」

根元まで飲み込まれたペニスを引き戻し、ゆっくりと腰を振り始める。

麻友子はふたりの結合部をウットリと見つめ、甘えた声を零した。

「あん……あん……入ってる……雄輔さんのチンポが突き刺さってる……いいの……はぁぁ……もっと犯して下さい……雄輔さんのオマンコにしてください！」

「何回抱いたかわからないのに、締めつけの良さは初めてのときから変わらない……」

「だって……私のオマンコはもう、雄輔さんの形を覚えちゃったから……。貴方を気持ちよくするためだけにあるから……」

「なんて嬉しいことを……」

「深い……はぁぁぁ……んぅっ……まだ奥にはいってくるぅ！」

雄輔の動きに合わせ腰をくねらせる行為が、膣をうねらせ圧力を増していく。

「くぅぅ……入れたばかりだっていうのに、イキそうなくらい気持ちいい……」

「いつでも、好きなだけ射精してくださいい……」

「麻友子さんは、俺以外とは生でセックスしたこと、ないんですよね？　どうしてあのときからずっと、俺はよかったんですか？」

「ずっと、愛する人との子供が欲しかったの……。だけど、あの人はそれを拒み続けて……。もうどうでもいいって思い始めていて……。だけど、誰でもよかったわけじゃありません……雄輔さんだから……この人ならいいってなぜか思えたんです……。もしかしたら、あのときから貴方に惹かれていたのかもしれませんね……」

「もう、どうでもいいだなんて考えなくていいですよ。俺の子供を産んでください」

「はい……喜んで……」

ヌルヌルを通り越しドロドロになった通路に、ペニスを擦りつけ子宮口を叩き続ける。

快楽を追い求めるだけのセックスではけっして味わうことのできない充実感が、ふたりの心を満たしていく。

「んぅぅ……幸せ……幸せすぎて……怖いくらい……」

「怖がる必要なんてありませんよ。幸せなら笑えばいいじゃないですか」

「そうですね……嬉しい……」

ドキッとするほどの美しい微笑みに、腰の回転は加速していく。

「あっ……あっあっあっあっ……んんぅぅ……！」

「はぁはぁ……」

どこまでも増していく膣の圧力。絡みつくヒダを強引に引きはがしながら、ペニスが麻友子の中を行き来する。思わず母乳を吸おうとすると、麻友子が胸を差し出してきた。

「あっあっあっ……んぅぅ、吸われてる……ほんとに幸せで、もう……イキそう……」

懇願する麻友子の眼差しに頷き、ラストスパートをかける。

こみ上げる射精感、鈍い痺れが全身を襲い、ただひたすらに麻友子を求めた。

「イク……イク……んんぅぅ……もう……イクぅぅぅ！」

絶頂の叫びを上げて麻友子の肢体は跳ね上がり、これまでにないほど膣を収縮させる。

まるで万力で締められたかのような激しい圧力に、雄輔も続いてすぐに達した。

「うっ……くうっ!!」

白濁した大量の精液が勢いよく噴き出し、待ち望む子宮へと流れ込む。

体内に広がっていくぬくもりを感じて、麻友子は幸せそうに再び微笑んだ。

エピローグ　ずっと俺のものであれ

　一年後——。

　数々の企画を成功させ優秀な成績をおさめ続けた雄輔は、その貢献を認められて異例の速さで課長に抜擢されていた。

　仕事と責任が一気増えて、悪戦苦闘の日々だ。

　上の無茶を聞き、下のやる気を促すためにも気を遣い、連日連夜の会議に疲弊する。

　今日も新しい案件の立ち上げ作業で、仕事を終えたのは夜も深い時間だった。

　それでも泣き言を漏らしたことは一度もないのは、どんなに疲れていようとも家に戻ればすべて消し飛んでしまうからだ。

　作倉の誘いを断り、寄り道など一切せずに真っ直ぐに帰ってきた我が家。

　ガチャッという扉を開ける音に続く足音。

　開かれた扉の先には、雄輔を出迎える最高の笑顔。

「お帰りなさいあなた、今日もお仕事お疲れ様でした」

「ただいま、今帰ったよ」

最愛の妻の頬にキスをして靴を脱ぐ。脱ぎ捨てられた靴を、麻友子は綺麗に揃えると雄輔の後を追ってリビングへと向かう。

どこにでもある普通の光景、当たり前の幸せ、麻友子が長年求め、夢見てきたもの。

彼女はようやくをそれを手にすることができた。

あと手に入れていないものがあるとするならば——。

「今日はいつになく乱れてるな……なんてエロイ腰使いなんだ」

雄輔の上にまたがり、M字開脚のまま麻友子は腰を振り続ける。

元々床上手な彼女だったが、雄輔との結婚生活でますます磨きをかけていた。

「だって今日は排卵日なんですもの、今日こそは赤ちゃん作りましょ」

幸せを手に入れた彼女が、まだ手にしていない最後の一つ。愛する人との子供を求めてなおも激しく腰をくねらせる。

「わかったよ。それじゃ今日は徹底的にやり倒さないとな」

「嬉しい……子作りセックスって、ほんとに気持ちいいもの……」

幸せはここにある。最愛の人と作る幸せな家庭。

もう二度と麻友子が悲しみにくれることはない。あるのは明るい未来だけだ。

「ください！　もっと、何回でも！　いっぱい射精してください！　だって、雄輔さんは私の旦那さまなんですから」

もちろんそのつもりで、雄輔もまったく我慢などせずに遠慮なく快感を高めていく。

自分だけのものになった麻友子に、今日もできる限り中出ししたかった。

仕事中だって、そのことばかり考えている。この温かい子作りマンコ。気持ち良すぎる口マンコ。いつかはアナルにも挑戦してみたい。

麻友子との生活はきっと、セックスとは切り離せないだろう。

最高の妻。最高の母親。ずっと最高の恋人でいてくれるに違いない。

愛しすぎるその身体と心に、今日一発目の愛を注ぎたくなる。

「いくよ、麻友子。しっかり孕むんだ！　いちばん気持ちいいところに出してあげるからね！　いくっ、くぅぅう！　で、出る！」

びゅるるっ！　と、今日一番の濃さだろう最初の精液が発射された。

「あああ、イキそう、いく、いっちゃう！　幸せでいっちゃうぅう！　赤ちゃんの素が、私を犯してく……はふっ……あああ……いっぱいきてるよぉおお……」

ぶるぶると腰を振るわせて、麻友子が恍惚となる。

その表情は、これまででもいちばんの安らぎに満たされていた。

雄輔はそのことに心から満足しながら、愛しい妻の身体を抱き締めるのだった。

あとがき

みなさま、ごきげんよう。愛内なのです。人妻への憧れと欲望を、たくさん麻友子さんにぶつけてみました。若妻ってほんとうにたまりませんね！　なんであんなにフェロモンが出ているのでしょうか。ＯＬさんと比べても、当社比二倍ぐらいの予想です。子作りにも最適なヒロインですね！　今回はまじめに？描いてみましたので、お楽しみ下さい。

挿絵の「ぽるのいぶき」さん。ほんとうにほんとうに、最高のナイスバディと魅惑の可愛らしさをありがとうございます！　服装なども完璧だったと思います。これだ！というカットばかりで、とても嬉しかったです。またぜひ、よろしくお願いいたします！

そして、この本に関わってくれたすべての皆様と、手にとってくださった読者の皆様、本当に本当にありがとうございます！　私がこうして本を出せるのも、皆様のお陰です。もっとエッチにがんばりますので、次の作品でまた、お会いいたしましょう。バイバイ！　いよいよ連続刊行も5年目？　もう、なんだかわかりません！

二〇一七年二月　愛内なの

ぷちぱら文庫 Creative

【超朗報】隣部屋の美人妻が甘やかしご奉仕してくれるらしいwww

2017年 3月 10日　初版第1刷 発行

■著　　者　　愛内なの
■イラスト　　ぽるのいぶき

発行人：久保田裕
発行元：株式会社パラダイム
〒166-0011
東京都杉並区梅里2-40-19
ワールドビル202
TEL 03-5306-6921

印 刷 所：中央精版印刷株式会社

PPC159

▼シリーズ既刊作品▼

魔界女王に睨まれながら
孕ませセックスしてみます！
ぷちぱら文庫
Creative 153
著：栗栖　画：タカツキイチ
定価：本体690円（税別）

こっ、この……、
調子に乗るな人間！

こ、殺すぅ！

だって、サタナキアさんが…

可愛すぎるから！

もっと泣かせてみたい！

考古学者の祖父が送ってきた魔導書。そこに描かれた美女に興奮し、勢いで自慰した孝太は、精液を表紙に振りかけてしまう。体液の契約で召喚されたサタナキアは、そのせいで精液を力の源にすることとなってしまった。恐るべき魔力を持つ彼女も、孝太に射精されないと命の危険すらあるらしい。美しき褐色美女のため、孝太は罵倒されながらも、愛し合うことを決意して!?

▼シリーズ既刊作品▼
逆転した世界は
俺にとって美少女ハーレム天国!?
ぷちぱら文庫
Creative 157
著：愛内なの 画：ひなづか涼
定価：本体690円（税別）

男子が、させてくれるって……
ホントウですか?
ま、任せてください!

いつも通りのエロ妄想で自慰をこなし、普通に眠った和也。しかし、目覚めるとそこは、男女の性欲が逆転した世界だった。学園でもクラスの女子は猥談を隠しもしないし、街中では痴女が男性を狙っている。そんななかで、女子の性欲に理解を示した和也は、美少女たちからエロターゲットにされてしまった。和也とのセックスを求めた、積極的なアプローチを受けてしまい…。

俺のモノ、ご自由に…どうぞ。

▼シリーズ既刊作品▼
ぷちぱら文庫
Creative 160
著：愛内なの 画：あきのしん
定価：本体690円（税別）
中出し許可区の生活
ハーレム
私たちの身体で…、
いっぱい経験してください。
だって子作り…したいから♥

理想の相手と…、
許可します！
素敵な子作りご提供します！
当特区の女性は、
いつでもOKです♥
何の取り柄もない童貞男子の大介だったが、少子化対策による子作り特区の住人に指名され、新しい人生を手に入れた。誰とでもセックス出来るこの特区には、男はほとんどいないのだ。いつでも性欲を満たすことができる環境で、区長の香織に初体験を指導され、人気アイドル名音の処女を貰っての種付けも無事にこなすことができた大介は、楽園生活を体験することに！

▼シリーズ既刊作品▼

ぷちぱら文庫
Creative 158
著:愛内なの 画:きちはち
定価:本体690円(税別)
エルフ嫁とつくる異世界ハーレム!
~俺の嫁は全員エルフ!?~

平凡なリーマンとして諦めの生活を送っていた康弘だったが、突然の異世界召喚で三人のエルフ嫁を手に入れた。この世界では、長命な種族に新しい血を吹き込むために、異界の男を呼び出しているという。当然のごとく、その制度に協力することにした康弘は、さっそく一番の美人エルフやダークエルフ、さらには巨乳なエロ系エルフまでを妻として、濃厚子作りを開始した!

▼シリーズ 既刊作品▼
ぷちぱら文庫
Creative 161
著：愛内なの 画：凪丘
定価：本体690円（税別）
洗脳チートで簡単にハーレムをつくる!?
いつのまにか……
好きスキ好きって、
考えてしまうんです♥
金欠に苦しむ晴敏だったが、突然の異世界召喚で幸運が舞い降りた。王女シンツィアの召喚で、チート能力を得たのだ。他人の思考を読み、その意思に介入できる力を使い、晴敏はシンツィアに処女を差し出させることに成功する。唐突にエロくなっていく自分の思考に戸惑いながらも、美女たちの誰もがご奉仕に積極的になり、国家権力すらも思いのままとなった晴敏は!?